瑠璃ノムコウ

河畑孝夫
KAWABATA Takao

文芸社文庫

目次

瑠璃ノムコウ

第一章　ルリの失踪

I

わたしは、ルリにもらった透明で凸レンズみたいな「瑠璃」を目の前に翳《かざ》す。それは、ルリがガラス作品を作る過程でたまたまできたもので、手の平に収まるくらいの、膨らみのある、円形のガラスの塊。陽の光が、その中でキラキラと輝いている。

あの日、ルリは呪術師にでもなったつもりなのか、「瑠璃」に向かって指先を波打たせ、「自分の〝ミライ〟が見えるみたい！」と大袈裟に言っていた。わたしは訝しい目を向けたが、それでも「輝いてるよ」ってはしゃぎ続けるので、占いなんて全然信じないわたしも、少々気持ちが揺らぎ始めた。できることなら、そんなふうに〝輝けるミライ〟を見つけてみたいものだ。

けれど実際は、犀川《さいがわ》沿いに華やかに咲き誇るソメイヨシノが、ぐにゃりと歪んだ姿で映しだされるだけだ。わたしは首から誇らしげにライカM3をぶら下げたまま、翳した「瑠璃」をそのまま上流方向に向ける。春霞《しゅんか》に霞むその彼方にはいまだに雪を頂く医王山《いおうぜん》がやっぱり歪んで映って、その雪解け水の影響なのか今日の犀川は「男川」と呼ばれるに相応しく、水音も荒々しい。

そういえば、ルリは言ってたっけ。ここが、この犀川の畔が、わたしにとって世界の中心なんだって。どこかで聞いたようなセリフに、わたしは思わず吹きだしちゃったけど、あれは、ルリにとってどういう意味だったんだろう。

さっきからラブラドール・レトリバーのカムパネルラはそばで息を喘がせ、何を見ているのか辺りを見回し落ち着きがない。悪戯心で「瑠璃」をカムパネルラに向けると、不思議そうに寄せてきた顔もぐにゃりと歪んで、ただでさえおとぼけフェイスなのにますます間抜けに見える。こいつもご主人様がいなくなったことに不安を覚えているのだろうか。

ルリを心配して京都から訪ねてきたルリのお姉さんの藍《あい》さんは、あらぬ方向に踏みだそうとするカムパネルラを押し止めるのに精一杯で、どこか心許ない。

ルリを訪ねてきたはずなのに、まずは桜を見たいと言うので、こうして一緒に犀川の河原に出てきたものの、目を輝かせて「綺麗！」「素敵！」などと声を弾ませる姿にはどこか違和感を覚えずにはいられない。

そのうえ、ひとしきり見渡すと急に黙り込んでしまった。同性なのに初対面のせいもあって、まるでぎこちないお見合いのように時間が停止してしまったようだ。そう思うと、周りの華やいだ桜もどこか空虚に感じてしまう。

　一見完璧な風景のはずが、なんだか真ん中にぽっかりと穴が開いたような欠落感を抱かせてしまうのだ。ときどき、桜の花弁が風にのって飛んでくることで、かろうじて時間の流れを感じるだけだ。ルリがいなくなってもう二週間が経っていた。


　ルリとは金沢の美大で知り合った。ルリは日本画で、わたしは視覚デザインと、それぞれ専攻する科は違ったけど、一年のときの一般教養の授業でたまたま隣の席に座ったことがきっかけで、わたしのほうが一目惚れしちゃったんだ。

　すぐに打ち解けて仲良くなってからは、ずっとつるんでた。何をするのも一緒で、遊ぶのもバイトするのも。明確な目標もないまま美大に入ってしまったようなわたしにとって、しっかりと目標を立ててそれに向かって努力するルリの存在は憧れだった。ルリがいなければ、あんなに充実した日々は送れなかったと思う。わたしは本当にルリに感謝している。

　在学中、ルリはヨーロッパへの美術史研修旅行で訪れたヴェネチアで、本人曰く〝運命的に〟ガラスと出会い、卒業後は能登島のガラス工房で勉強してガラス作家を志した。そんなアーティストの道を進むルリをよそに、道の定まらないわたしは、ルリの勧めでなんとか地域情報誌の制作会社にもぐり込み、いまは記者兼カメラマンとしてしのいでいるという現状。

ルリは、本当は瑠璃子っていう名前で、燦めくような目をして天真爛漫そのもので、いつもキラキラ輝いて周りを元気にしてくれる子だ。そのうえ感激屋でもあり、嬉しいときも悲しいときもよく泣く。それでいて自分の意志を貫き通す強さも持っていて、怒ったときは、相手が女だろうと男だろうとおかまいなしに食ってかかったりする。

そのくせ人一倍繊細な面も持ち合わせていて、あまり人には言わないけど、詩を読んだり、書いたりしていた。どういうわけか、時には誰にもわからないような些細なことで傷つき、ポキンと折れちゃうような、とても脆い面もある。つまりルリはガラスみたいな存在なんだ。


「ルリ、何か言ってなかった?」

しゃがみ込んだ藍さんが、落ち着かないカムパネルラの頭を撫でながら、ようやく発した言葉だった。桜にカメラを向けていたわたしは、はっと向き直った。

「お葬式の間、カムパネルラを預かってほしいって言ってただけで、それ以外のことは特に……」

わたしの言葉は、思いがけずトーンダウンしてしまう。

「そう」

藍さんは力なく答えると、手持ち無沙汰を紛らわせているのか、カムパネルラをさらに撫で回した。カムパネルラはそれを嫌がるように身をくねらせた。藍さんはその動きに驚いて、今度は必死にリードを押さえた。収まると、ほっと息をついた。わたしに任せてと言ったものの、無理しているようにしか見えない。

「あのときもそうだった」

ふと、そう漏らした言葉に、逆に「えっ」とわたしのほうが不意をつかれた。

あのとき、あのとき、呪文のように記憶を辿っていくと、もしかしてあの、あのときのことだろうか？　きっと、あのときしかないだろう。絶対あのときだ。彼と別れたとき。ルリは心と身体に傷を負ったんだ。


ルリの間借りしている家は、犀川のすぐそばの細い路地が入り組んだ住宅地にあった。自宅暮らしのわたしからすると、アパートだってうらやましいのに一軒家を借りていた。わたしは、路地を案内しながら、藍さんに説明した。平屋で古い、歴史のある家。蛯原《えびはら》さんという陶芸の先生のお宅の離れ。蛯原さんのお母さんが昔住んでいたもので昭和初期の建物らしい。木造で年季は入っているけど、間取りも広々しているし、中はリフォームされていて、キッチンもお風呂も完備している。もともと、美大の先生の紹介で借りることができたわけで、不動産会社を通してではこういう物件はなかったんじゃないかと思う。そういうところが、ルリはいつもツイている感じがする。それは、わたしのやっかみかもしれないけど。

縁側に腰かけてカムパネルラの頭を撫でる蛯原さんにもルリの様子を尋ねるが、このところ特に変わった様子もなかったという。上品な着物を着た奥さんもお茶を出しながら、「本当にどうしたのかしら」と心配そうだった。

カムパネルラは、もともと蛯原さんが知り合いの人からもらったのをルリが譲り受けたというだけあって、蛯原さんによく懐いている。ルリ以外の人にこんなに身を任せているカムパネルラを見ることはない。

「銀河鉄道にでも乗っていったのかな？」

「えっ！」

思わずわたしは声を出して、藍さんと顔を見合わせた。

蛯原さんっていう人はときどき、こんなふうに不思議なことを言うのだ。たしかに作務衣姿は陶芸家然としているし、縁側に面した部屋が作業場になっているけど、実際に作っているところを見たこともないし、いつもその縁側で日向ぼっこっていうか昼寝っていうか、ぼんやりと過ごしている印象しかない。白髪がよく似合う好々爺っていう言い方がぴったりな人だ。

前にルリと一緒に遊びに来たときも、ふいに素っ頓狂なことを言うことがあって、妙な雰囲気を持った人だなって思ってた。作品を見せてもらったこともある。伝統的な九谷焼の緑や青や黄色を和らげたような温かな色合いで鷺や草花を描いた大皿は、どこか愛らしさを感じさせるものだった。

ルリは、そんないつも夢見ているようなところが、なんかいいのよねーって言ってた。また、かわいいとも。しかも奥さんのいないところでは、〝エビちゃん〟って呼んでた。もともとお爺ちゃん子っていうことから考えても……もしかして、あいつ……老人趣味？

「いやぁ、ちょっと前に、宮沢賢治の『銀河鉄道の夜』の古い文庫本をあげたら、ルリちゃん、とても喜んでねえ。これこれって言ってたから。何か相当の思い入れでもあるのかなって思ったんだよ。こいつにも、カムパネルラって名前つけたからなあ。わしは、〝裕次郎〟って呼んでたんだがな」

と、蛯原さんはカムパネルラの頭を撫でた。

「はあ？」

わたしは呆気にとられていた。

「さしずめ、自分のことは、ジョバンニとでも思ってるのかな？」

蛯原さんはそう言って笑った。藍さんも何かを期待していたのかもしれないが、その笑えない冗談に溜め息をついていた。

たしか『銀河鉄道の夜』は、ジョバンニの夢の中で親友カムパネルラと銀河鉄道に乗って星々を旅する話だ。その旅の中でジョバンニは、いろいろな人々との出会いを通じて、本当の友情や愛情を知ることになる。夢から覚めたとき、現実のカムパネルラは、友だちを助けるために入水して亡くなる。現実に向き合い、強く生きていかなければいけないということが、美しくも切なく綴られている物語だと理解している。だけど、わたしにはどこか切ないというか、寂しい印象ばかりが残る物語だ。こんなこと言うのは恥ずかしいんだけど、正直言ってわたしが昔読んだときは、なんとなくピンとこなかった。なのに、ルリがそこまで愛着を持っていたなんて知らなかった。

蛯原さんはその白々とした空気を察したのか、

「大丈夫だと思うよ。心配ない。ルリちゃんならきっと元気で戻ってくるはずだ」

と根拠のない独り言を言い、頷いていた。

わたしはそれを黙って聞いていたが、どこか虚しさを覚えずにはいられなかった。それを振り払うように「ちょっと部屋の様子見てきます」と言って、藍さんをルリの部屋に連れていった。

ルリの部屋に入ると、まず正面の壁に飾られた大きな写真パネルが目に入る。それは美しいマリンブルーの背景に映し出された雪の結晶だ。透明の六角形の角板に樹枝が綺麗に枝葉を広げていて、その輪郭が艶やかに光っている。商標マークのような典型的な形だけど、よく見ると光沢と透明感のある質感で、それを雪の結晶と言われなければ、ガラス作品のようにも見えなくもない。ルリはよく言ってたっけ。こんな自然な形で作品ができたらいいなあって。

写真パネルの横には、ルリのガラス作品を載せた棚があった。藍さんは一つひとつ興味深そうに見ていた。その一つ、直方体の透明なガラスの固まりの中に、シンボルマークの典型的な雪の結晶模様を閉じ込めた作品。これは結晶模様の周りに気泡や白い粒を無数に混入させて作られている。降りしきる雪のように見えるので「雪片ガラス」って言われる方法らしい。ルリのトレードマークみたいな作品だ。

ガラスって不思議、ガラスってなんだろう？　ガラスって、勾玉みたいに古代から存在しているのに、どの時代にあっても常に不思議で新しい存在だと思わない？　そんなルリの声が聞こえてくるようだ。

藍さんは、その雪の結晶を手に取って食い入るように見つめていた。そこに何が封じ込められているのか、それがいったい何を語りかけてくるのか、探るように。その姿は、ルリとの失われた時間を取り戻そうとしているかのようにわたしには映った。

学校を卒業してお父さんの許に残った優等生のお姉さんと、反目するように家を出たルリとでは、話も合わなかったのだろうか？　服装からして、活動的なジーンズが多いルリと違い、フェミニンワンピにヒールだし、しきりにロングの髪の毛を掻き上げる仕草が、同性から見ても必要以上に女を意識させる媚びたものに見えるのは考えすぎだろうか？　そんなことには頓着しないルリとは、あまりにも違いすぎるように思う。

だってルリとは在学当時、夏になると夜な夜な、下宿していたアパートの近所にあった小学校のプールに忍び込んで、素っ裸のまま二人で泳いだりしたものだ。誰も信じないかもしれないけどホントの話だ。

警備員に見つかりそうになって慌てて服を抱えて逃げたりして、ルリの部屋で大笑いしながら缶ビールを飲むと、ルリはすぐ寝ちゃって、わたしはその寝顔の可愛さに思わず抱きしめたくなったものだ。

机の上のフォトスタンドには、ルリの横顔の写真がある。

それはわたしの自慢のライカＭ３で撮ったものだ。スナップショットの名人と言われる木村伊兵衛も愛したドイツ製の名機で、六十年も前に作られたカメラだ。親切な中古カメラ店のオヤジにさんざん蘊蓄《うんちく》を聞かされた挙げ句、大枚をはたいて購入したのだけれど、後悔はしていない。それぐらいこのＭ３のレンジファインダーという光学システムは完成していて、素晴らしい。

一般的な一眼レフのシステムは、レンズを通してカメラに入ってきた光を鏡で反射して、さらにプリズムを通過させてファインダー像を形成するという複雑な工程だけど、それとは違い、レンズの横に覗き窓があってシンプルにハーフミラーだけで像を結ばせるため、覗いたときのほとんど肉眼に近いフレームに感動する。被写体を瞬時に捉えられる機動性もある。

ただ、覗いた画像と撮影した画像とにパララックスというズレが生じるのだけれど、それを使いこなしていくところが面白くもある。そのおかげで、すぐ間近にルリを感じて撮ることができるのが嬉しい。まさにカメラと一体になって、ルリを撮ることができるのだ。

わたしはいまいっぱしに写真の仕事なんかしていることもあって、よくルリの写真も撮らせてもらっていた。注目のガラス作家としての記事も書いたことがある。

それにしても、ルリの表情は実に豊かだ。無邪気な子どものように見える笑顔があるかと思えば、力強くものを作っていく芸術家のような顔もある。そうかと思えば、優しく慈悲深い聖母のような母性が溢れている面もある。こんなに表情によって雰囲気が違って見えるなんて、驚くばかりだ。毎回が発見の連続。だから、わたしはルリを撮り続けるのかもしれない。

そのスタンドに入った写真はモノクロで、遠くを見つめるようなルリの瞳が輝いている。実際は吹きガラスの制作中の顔だ。一吹きして、顔を上げ、その膨らみ具合を確かめている。そして、その先のライン、自分の思い描く像を見ているのかもしれない。その瞬間の、その輝きが、わたしはたまらなく好きなのだ。見えない何かを摑もうとしているときの、創造する人間の無心の輝きだからこそ本物だと思う。

「これ？」と藍さんが、机の上にあった一枚のハガキを取り上げた。見ると、それは彫刻展の案内のハガキだった。裏には石の彫刻の写真がプリントされていた。差出人は、「航太朗《こうたろう》」とあった。

航太朗は美大時代の同級生で、学校の講師をしつつ、いまだに貧乏しながらも作品を作り続けている逞しい人だ。

「この人は何か知らないかしら？」

わたしは思わずギクリとした。航太朗は知り合いには違いなかったが、わけあっていまは連絡も取り合っていないし、会ってもいなかった。どれくらいになるだろう、二、三年は経っているかもしれない。だからその思いがけない名前が挙がったことに少々戸惑いがあったし、第一、あいつが何か知っているとは思えなかった。

しかし手がかりを摑んだ刑事のように得意げな藍さんの表情を見ると、なんでもないとは言いきれなかった。そのハガキはちゃんと切手が貼られ郵送されたものだったので、二人のなんらかの関係を示している証拠に違いなかった。

「ねえ？」

藍さんは再度わたしに同意を求めてくる。

「そ、そうですね」

わたしは引き攣った笑いを浮かべた。

わたしにすれば、そもそもなぜそのハガキがここにあるのかが疑問だった。日付は去年のものだったが、わたしにも送られていない個展の案内のハガキが、なぜここにあるのか。そんなわたしをよそに、藍さんは頷きながらそのハガキを見つめていた。

ともかくなりゆきとはいえ、航太朗を訪ねないわけにはいかなくなった。

Ⅱ

わたしのボロのミニバンで街中を走っている間も、なんとなく気乗りがしなかった。ホントにあいつのところに行かなきゃならないんだろうか。今さらどういう顔して会えばいいんだろう。なんて話しかければいいんだろう。そんなことばかり考えていると、突然、「わあっ！」という嬌声とともに助手席の藍さんが身を乗りだした。

通りの真っ正面にそびえ立つ、巨大な金沢駅の鼓門やもてなしドームが目に飛び込んできたのだ。鼓の胴の部分を模した門が背後のガラス張りのドームへと誘うように見える。

「近くで見ると、案外大きいのね！」

藍さんはしきりに感心していた。わたしはそんな天真爛漫な表情を見ると、ムラムラと悪戯心が湧き起こり、

「知ってます？　あそこには天使がいるって言われてること」

って謎をかけた。すると藍さんは、

「えっ、天使って、あの羽のある、エンジェルのこと？」

と驚いて顔を曇らせた。予定どおりとも言える反応に、わたしはますます調子に乗って、「ええ」と笑顔で相槌を打った。

「どういうこと？　何か謂われでもあるの？」

藍さんの疑問はさらに深まったようだ。待ってましたとばかりに、わたしはにっこり微笑み、

「じゃあ、これ宿題にします。金沢から帰るときに教えますから、それまでに答え、考えといてください」

と思わせ振りに答えた。

「何、それ」

一瞬、間を置いて、藍さんははぐらかされたことに憮然とし、わたしから目を逸ら

せた。そして、その不満をぶつけるように通り過ぎていくもてなしドームを睨みつけていた。

しばし無口になった藍さんをよそに、わたしは通りを右折し電車の高架を潜り、車を進めた。さらに南北を走る高速の高架下を横切ると、海を目指した。

商店が建ち並ぶ通りを過ぎ、港への路地の一つに入ると、辺りの様相は一変する。細い路地に黒い瓦屋根の蔵が軒を連ねている。白い漆喰壁、古い板壁や赤煉瓦の煙突も見える。それを見て、

「へ～っ。雰囲気あるところね～っ」

先ほどの不機嫌さもどこ吹く風で、藍さんはまた窓に擦りつかんばかりに身を乗り出した。

金沢港からほど近い大野町は江戸時代から醤油作りで栄えた町だけに、古い木造の醤油蔵が建ち並び、一種独特の雰囲気を醸し出す。とはいえ現在使われている蔵は少なく、その空いた蔵をギャラリーや店舗などに利用している。

助手席の藍さんは窓の外に興味津々なのだが、どことなく落ち着きがない。というのも、さっきまでおとなしく眠っていたカムパネルラが忙しなく動き回り始めたからだ。後部座席から毛むくじゃらの身を乗りだしてくるたびに、それを避けようと身体をのけ反らせていた。その滑稽な様子を見ると、また妙に嬉しくなってしまう。犀川

に行ったときから無理していたみたいだけど、いよいよ化けの皮が剥がれてきたなと思った。藍さんを制するには、この犬嫌いが有効そうだ。

わたしは、一軒の蔵の前に車を停めた。わたしが車を降りるのを見て、藍さんは明らかに怪訝な顔でそれに従った。

わたしは蔵の脇に停めてあるミニバイクを確認すると、大きな木戸の前に立った。一つ深呼吸して、ちょっと間を置いてから、目の前に付いているノッカーの丸い金属の輪を叩く。しかし、中からなんの返答もない。何度か繰り返してみるが、やはり返事はない。そこでわたしは思いきって引き戸に手をかけた。戸は重々しかったが、滑らかに開いた。

薄暗い蔵の中にある、人の背丈以上の大きな物体が目に飛び込んできた。よく見るとそれは大きな石の塊で、その質感はつるつるに磨き上げられた部分と、荒々しく削られたごつごつした部分からなっていた。

様子を窺うように、ゆっくりとその石の向こうに回り込んでいくと、石の陰に隠れていた人の姿が現れた。頭をタオルで覆い、Tシャツ、作業用パンツは薄汚れている。航太朗だった。

両耳からはイヤホンのコードが垂れ下がっていて、薄く音楽が漏れていた。目を閉じ、作品に対峙しながら瞑想中といった感じだった。「航太朗」と呼びかけるもなんの反応もないので、そばにあったブリキのバケツと野球バットほどの長さの角材を拾い上げて、それを叩きながら「航太朗！」と声を張り上げた。

航太朗はビクッとして、思わず持っていた鑿《のみ》とハンマーを落とした。狼狽《うろた》えたように振り向き、わたしだとわかるとさらに驚いたようだった。そしてそれを誤魔化すためなのか、不満そうに喚いた。

「なんなんだよ！　いきなり！」

まるで安眠を妨害された赤ん坊みたいだ。

「何度も呼んだんだよ」

わたしも負けずに言い返した。航太朗はそれが気に入らなかったのか、わたしに詰め寄った。

と、突然激しい鳴き声がした。航太朗が驚いて見ると、藍さんがカムパネルラを引いて戸口に身を乗りだしていた。

「あのぉ！　すみません！」

藍さんが間に割って入るように、甲高い声を上げた。航太朗は意外な闖入者に口をポカンと開けて、調子を外された様子だ。

「ルリのこと、何か知りませんか？」

藍さんは懇願するように言った。

「ルリ？」

航太朗は混乱した様子で、藍さんをもう一度品定めするように見ると、ますますわけがわからなくなったと言わんばかりに、わたしに助けを求めるような視線を投げかけた。

「ルリのお姉さんよ」

わたしは仕方なく助け船を出す。

「えっ？」

航太朗はまだ理解できていないようだった。

「そんなに驚かなくたっていいじゃない。ルリのこと心配して、京都から来られたのよ」

航太朗は驚いて、もう一度藍さんに視線を戻し、はぁと小さく頷いた。

スタジオの片隅、醤油樽で作った椅子に座ったわたしと藍さんに、航太朗はコーヒーを淹れて持ってきてくれた。カムパネルラは、そばに蹲って絵の具皿に入れてもらった水を舐めていた。航太朗は背もたれのない丸椅子に腰を下ろした。

「水でいいなんて、安上がりなヤツだよな」

航太朗がカムパネルラのほうを見て言った。

その間藍さんは、物珍しいのだろう、蔵の中を見回していた。白い漆喰壁と、剥き出しの木の柱、太い梁が渡された高い天井。左奥の一角は間仕切りがしてあり、作業用のテーブルが置かれている。スケッチブックや鉛筆立て、そのほかにノートパソコンも見える。さらにその奥には梯子がかけられ、ロフトよろしく張り出した中二階がある。そこが寝室になっているのだ。

わたしにはよくわかっているこの建物の様子も、藍さんには好奇の的らしい。しきりに身を乗りだしたりして、眺め回している。

「てっきり実家にでも帰ってるのかと思ってたけど」

航太朗が口火を切った。

「帰ってたのは確かなんだけど……」

わたしが答えると、藍さんはすぐに向き直って続けた。

「たしかに父の葬儀には帰ってたんですけど、顔を見せた途端、いなくなって。そこから携帯もつながらないし、連絡も取れなくなって、行き先がわからなくなってしまったんです」

「お父さん、悪かったんですか？　何か急だったみたいですけど」

さすがに航太朗も訊きにくそうだった。

「……癌。肝臓癌。検査でわかったときはもうかなり進んでて、そこからはあまり時間もなくて……」

「そうなんですか。知らなかった」

航太朗はそう言って、黙り込んだ。そして、またすぐに思いついたように訊いた。

「でも、すぐいなくなったって、何かあったんですか？　お父さんの葬式ですよね。ふつうそんな場からいなくなるなんて……」

「ですよね。でも、そのとき特に何かがあったってわけじゃないんです。たしかに突然のことだから、ショックはショックだったとは思いますけど。それは、わたしたちにしたって同じわけだし。特にお母さんなんて、ずっとお父さんに付き従ってきたような人だから、ただオロオロするばっかりで。

そんな直接きっかけになるようなことなんて何も思いつかないんです。とうとう初七日にも帰ってこなかったし。だから、わたしたちも途方に暮れてるんです」

それを聞いて航太朗も考え込んだ。

「航太朗にも何も連絡ない？」

わたしは念押しするように尋ねたが、航太朗は遠くを見るように視線を宙に泳がせるだけだった。何か考え込んでいる様子だった。

また沈黙が続いて、堪りかねてわたしが「航太朗」と再度呼びかけると、初めて気がついたように、「えっ、ないよ。連絡なんて」とだけ答えた。

「そりゃそうよね」

三人の空気はまた停滞してしまった。

だいたい、航太朗が何か知っているわけなんかないのに、ここに来なきゃいけなくなるなんてと、不満なまま藍さんのほうを見ると、当の藍さんはまだ縋るように航太朗を見ている。その視線を感じたのか、航太朗が目を泳がせながらぽつりと言う。

「今度、一緒にグループ展でもやろうかって話はしてたんだけど……」

「へえ〜、そうなんですか」

藍さんは興味深そうに頷いていたが、わたしは意外な言葉に驚いた。

なぜかと言えば、作品的にはルリの目指すものと航太朗のそれとはかなり隔たりがあるように思っていたからだ。事実、二人が作品について話したりすると、意見の食い違う場面を幾度となく見てきた。どう見ても、目の前にある荒々しく削られた石の塊と、繊細なルリのガラス作品では、違いすぎる。

実はそれだけじゃない。わたしは以前航太朗と付き合っていて、そのころはよく三人で遊んでいた。別れてからはルリも気を使ってなのか、航太朗とは関わりを持っていなかったはずだ。それとも、わたしの知らないところで何か関わりがあったのだろうか？

でもルリに限って、わたしに黙ってそんなことするなんて信じられない。ただ、目の前の航太朗の表情を見ていると、何かもやもやしたものが残る。グループ展をするからには、なんらかの共通した方向性を持てなければ、ありえないはずなのだ。

「あーっ、それ！　触んないで！」

航太朗の声が響いた。気がつくと、いつの間にか藍さんが石の作品の間近に立っていて、手を触れ、覗き込んでいたのだ。はっとして手を引っ込める藍さんだが、何が悪いのか気づいていないようだ。航太朗は走り寄ると、背後から乱暴に藍さんを突き飛ばした。藍さんはバランスを崩し、思わずつんのめった。カムパネルラも立ち上がり、吠えだした。

「何するの！」

「それは、こっちのセリフだ！　気安く触らないでくれ！　これはただの石の塊じゃない、作品なんだぞ！」

航太朗はさらに逆上したように叫んだ。

「何がいけないの！　偉そうに。こんなことぐらいで壊れるものじゃないでしょ」

藍さんも負けずに言い返し、また軽く作品を叩いた。航太朗は一瞬言葉をなくして頭を振った。

「なんだって、こんなことぐらい……？　と、とんでもないド素人だ」

「ええ、そうですとも。ど素人よ！　こんなのちっともわかんないわ」

と、藍さんも開き直ったようにさらにその石の彫刻を叩いた。

あっ、航太朗が目を白黒させ顔を紅潮させたのがわかった。そしてついに堪忍袋の緒が切れたように、

「だいたい、突然人の家に押しかけて、勝手なことしやがって、どういうつもりだよ！」

と面倒くさそうに怒鳴った。しかし藍さんもすぐには言葉が出てこないものの、怯む様子はない。勢い二人は睨み合った。

その姿を見て、思わず藍さんのその怒り方がルリと重なった。ああ、たしかに、ルリもあんなふうに真っ向から怒りを返すときがある。やはり、二人は姉妹なのだと感じずにはいられない。

どっちも引かない様相だったが、しばらくして航太朗が妙な気配に足許を見ると、そこにはカムパネルラがいた。一瞬何をするのかと不穏な間があったかと思うと、おもむろに片足を高々と上げ、自分の縄張りを誇示する行為に移った。間抜けな音とともに水滴が飛び散った。

航太朗は驚きのあまりしばし唖然としていたが、気を取り直すと、慌ててカムパネルラを追い立てた。鳴き声が高らかに響き、右へ左へと、しばし滑稽な追いかけっこが繰り広げられた。航太朗が立てかけてあった角材を倒し、工具を載せてある台にぶ

つかり、工具がバラバラと床に落ちる。その隙を縫うようにしてカムパネルラが駆け抜けた。わたしは目の前で繰り広げられる光景に、ただただ、呆気にとられるばかりだった。

どうすることもできずに見ていると、藍さんも呆れたように「もう帰りましょう」と、わたしを促して外に出ていこうとした。が、重い引き戸が開けられず往生し、扉を蹴飛ばした。今度はこっちか、と、わたしは呆れながらも慌てて駆け寄った。そして、一緒に扉を引き開けて藍さんを外に出した。すると、カムパネルラもタイミングよく開けた出口に向かって走り出た。これ幸いとばかりにわたしも外に出る。

ほっと息をつき、扉を閉めるために振り返ると、航太朗は、もうカムパネルラを追いかけようとはせず、石の作品の前でしゃがみ込んでいた。カムパネルラに引っかけられたオシッコを拭き取っていたのだが、それだけでなく何かを考え込んでいるようでもあった。その証拠に、彼はゆっくり立ち上がると、もうわたしたちのほうを見もしないでまた黙って作品に対峙していた。彼の様子が気にはなったが、わたしはそのまま扉を閉めた。

Ⅲ

目の前を艶々とした栗毛の馬が横切って、思わず目を奪われた。ぶるっと鼻を鳴らし、軽快に足許の砂を掻き上げて通り過ぎていくと、また目映いばかりの海の青さが視界に戻ってくる。近くに乗馬クラブがあるからなのだろうが、一瞬ここが砂丘であることを忘れさせるような違和感を覚える。砂の上に座り込んでいるわたしたちは、その隆々とした筋肉の動きを、惚れ惚れと見つめた。さすがにカムパネルラも立ち上がって身構えていた。

内灘《うちなだ》砂丘《さきゅう》は、大野から金沢港を挟んだ北側にある。砂丘と言ってもとりたてて大きな起伏があるわけでもなく、フラットな海岸砂丘だ。

「なんだか乱暴な人だったね」

藍さんは馬を見送ると、ぽつりと言った。

「まあ、気分屋みたいなところがあるから……」

様子を窺いながらわたしは答えるが、藍さんが反応しないので、さらに言い足さざるをえない。

「でも、悪いやつじゃないんですけど……」

否定したり肯定したり、わたしの答えもどうも歯切れが悪くなってしまう。過去に付き合っていたなんて口が裂けても言えない。

するると考え込んでいた藍さんがふいに顔を上げて、わたしに向き直って言った。

「わたし、どうも美術系の人たちってよくわからないところがあるのよ。うまく理解できないっていうか、肌合いが合わないっていうか……」

と、また自分自身の考えに入り込んでいくようだ。

「はあ」

もっとも、わたしもその美術系の人なんですけどって言おうかと思って言葉に詰まる。

「だから結局ルリのことも、そうだったのかもしれないなあ」

藍さんは、なんだか自分自身に言い聞かせているようでもあった。

「わたしだって、ルリみたいに自由に生きたかった。だけど、そうできなくて……」

たしかにルリは自由に生きているように見える。だけど、ただ自由気ままってわけじゃない。自由に生きるために精一杯努力してきたんだ。

「さっき、あのときと一緒だったって言ってましたけど」

わたしは思いきって切りだした。

「ああ」

藍さんは思いだしたように、わたしを見た。

「ルリはあんまり言いたがらないから、わたし、詳しくは知らないんですけど、あの別れた彼のことですか？」

「うん」と藍さんは軽く頷いた。

「ルリの好きだった彼は、高校を卒業してすぐに実家の家具屋さんを継ぐことに決めて、そのお店をルリに一緒にやってほしいって頼んできたんだ。だけど、美大に進学しようとデッサン教室に通い、勉強してきたルリには、その道を一緒に進んでいくことはできなかった。やっと好きな道に進んでいこうとするときに、その選択はルリには早すぎたし、酷だった。中学、高校時代、彼と一緒に過ごすことで充実した日々を送れたのは確かだったけど、二人の行き先は違っていた。

ただ、わたしならきっと、彼の許に飛び込んでいったかもしれない。いまだから言えるのかもしれないけど、自分のこれからを決めるのに、早いも遅いもないって。そこが、わたしとルリの違うところなの」

それでも、ルリは懸命に考えていた。美大の一年目は、わたしの知る限りルリも迷い続けていたと思う。それが、二年の夏休みに京都に帰ったときに決定的な結末を迎えたんだ。

たまには連絡も取れていたはずだったのに、帰郷してもルリと会おうとしない彼を訪ねたときだった。ルリは、街角にある彼の実家の家具屋さんの表で、彼と、彼をかいがいしく手伝う若い女の子を見てしまったんだ。なんでも一年目の夏、ルリが金沢に戻るとすぐにお見合いをして、即結婚ということになっていたらしい。彼も、思ったとおりにいかないで悩み続けていた、そんなタイミングで親からお見合いを勧められて、どこかで踏ん切りをつけたみたいだった。

ただ、そのことはルリには知らされていなかった。ルリが受けたショックはどれほどのものだったのか、知る由もない。何も言わずにルリは、実家からいなくなってしまった。親戚、友だち、みんなが捜し回ったがルリは見つからなかった。

しばらくしてわかったけど、結局ルリは、一人で鳥取砂丘の民宿にいた。そこは、高校の夏休みに彼と二人で旅行した思い出の場所だった。ルリの様子を不審に思った宿の人が通報して、発覚した。両親が迎えに行ったとき、ルリの左手首には幾筋かの切り傷があった。

ルリはそれから、その夏はほとんど実家にこもって過ごしたそうだ。夏休みが明けて新学期を迎え、両親は心配を隠しきれなかったそうだが、ルリは意外なほどすっきりした様子になっていて、明るく金沢へと戻っていったという。わたしが夏休み明けにルリに会ったときも、いつもと変わることないルリだった。左手首のリストバンド以外は。

「それから、ルリは砂丘を恐れていたかもしれない」

藍さんは、手元の砂を掬い上げてそう言った。

それは砂丘の思い出が、あまりに美しすぎたから。砂丘は、彼と旅行した楽しい思い出の場所だったから、ある意味神聖な場所になっていたに違いない。だからこそ、破局すると一転して、自分自身を遠ざける無機的なものになったのだろう。その思い出が、みるみる指の間からこぼれ落ちてなくなっていくかのように。

でも、そもそも彼と二人で訪れた砂丘でルリは何を感じたのだろう？　きっと惹かれ合う二人にとって、砂丘は寛大で、なんにでもなってくれたに違いない。二人以外には余計なものがない世界。それこそ、未来に向かって可能性を広げられる場所だったと思う。そのときは、はっきりとわかっていなかったにせよ、砂丘に、砂の向こうに、求める何かが見えていたんじゃないだろうか？

砂丘は一見単調な風景に見えて、実はいろいろな環境の影響を受けて刻々と変化し、さまざまな表情を見せ、どんな風景にも変貌しうる。まさにその姿は、これから何かを描かれたがっているキャンバスみたいなものなんじゃないかなって思う。そんな場所だからこそ、吸い寄せられるようにルリは砂丘に思い入れて、自分自身を投影できるって思ってたんじゃないかな。

ブラジル人作家パウロ・コエーリョの『アルケミスト』って小説がある。羊飼いの少年サンチャゴが、夢に見た宝物を求めて、アンダルシアの平原から、エジプトのピラミッドに向けて旅をする物語だ。

サンチャゴは錬金術師の導きで、さまざまな困難や、人々との出会いと別れを通じて、人間として成長して可能性を広げていく。

「何かを強く望めば宇宙のすべてが協力して実現するように助けてくれる」

「前兆に従うこと」

サンチャゴが運命を切り開いていくために与えられる言葉の数々。それはまさに砂漠という、これから何かを描かれたがっているキャンバスがあるからこそ展開していく物語なのかもしれない。「運命」って言葉にこだわるルリだからこそ、ますます砂丘に何かを思い入れとして持っていたんじゃないかな。

「でも、今度はあのときとは違う。彼との甘い思い出なんかとはまったく違うことだから。お父さんが亡くなったことが、ルリに何をもたらしたのかわからない」

「だけど、ルリはお父さんのことは……」

「好きじゃなかったって言いたいんでしょ?」

言いにくいことをズバリ言われて、わたしのほうがたじろいだ。

「でもね、本当のところはわからないのよ」

わたしは、藍さんのほうをじっと見ていた。

「葬儀に帰ってきて、遺影を前にしたあの子の表情は、何も言わなかったけど、何か言いたそうだった。何かを伝えたくて堪らないような」

わたしは、初めてそのときの様子を聞かされて、いままで見たことのない、知らないルリの表情を見たような気がした。伝えたかったことってなんなんだろう？　そう藍さんに思わせたものはなんだろう？　だけど藍さんはそれ以上話そうとしなかった。きっと、わたしなんかには計り知れないことかもしれない。

そんな思いに駆られているうちに、いつの間にか寄せては返す目の前の波を目で追っていた。大きく小さく押し寄せてくる波が、返すときに積み上げた砂の塔の城壁を削り取っていく。また大きな波、小さな波が寄せてくる。返すとき、何倍も速い速度で、砂の塔を変形させていく。その果てることのない反復運動を見ていると、いつまで経っても永遠に答えが出そうにないと感じてしまう。答えが出ないどころか、砂の塔が崩れ落ちるように、そのうち、全てがご破算になってしまうかのようだ。

「日本海も、春は穏やかみたいね」

藍さんもその波を見つめ、緩やかな海風を受けながら言った。わたしは内心、日本海というとやっぱり荒れた海ってイメージしかないのかなと思いつつ、

「そうですね。今日は特にそうみたいですね」

と、こんな平和なムードが続くことを願うように答えた。

ふと視線をそばにやると、カムパネルラは人間ですらありえないような大の字になって、砂の上で寝そべっていた。

「お前は、いつも平和でいいね」

と撫でてやると、カムパネルラは身を捩って砂を跳ね上げた。藍さんは思わず顔を顰《しか》めて、顔にかかった砂を払った。そして遣り場のない不快さを打ち消すように話題を変えた。

「でも、ルリって男友だちたくさんいたんでしょ？　ほかに何か知っていそうな人は思いつかない？」

平和なムードも、その一言で壊された。そう言われると思って、内心冷や冷やしていたけど、特に訊かれるまではそこには触れたくなかった。たしかにもっと仲良くしていた人には心当たりがある。だけど……。

だけど？　どうしたんだろう？　いつの間にかわたしは、藍さんの質問を回避しようとしている。わたしだってルリの行方を捜しているはずなのに……。なんだかわたしって、これ以上わたしの知らないルリを知るのが怖くて、核心的な部分に踏み込めなくなっているのかもしれない。

「わかりました。行きましょう」

わたしは、踏ん切りをつけるように言った。

それから、わたしたちは、海をあとにして市街地に戻っていった。

今度は武蔵ヶ辻の交差点に面した近江町市場を抜け、兼六園へと向かった。藍さんがまた、「あっ」と声を上げてガラス窓に張り付く先には、溢れんばかりの桜に覆われる金沢城の石川門があった。たしかに、桜と城というこれ以上ない見事なマッチングだ。だけど、その光景を尻目に、兼六園下を迂回して山側に向かうと、その声は、「あ～あ」と溜め息へと変わっていった。わたしはそれを無視して車を走らせた。

走る道路はちょうど兼六園のある小立野を挟んで犀川とは反対側にあたり、浅野川に沿って山側に延びていた。金沢の奥座敷と言われる湯涌《ゆわく》温泉へと連なる道だ。

奥へ奥へと山側を目指して走っていくと、環状道路や開発中の新興住宅地が現れて、景色は徐々に様変わりする。開けた平坦な場所から、やがて山間を走る一本道になると、建物は疎らになって、田畑が多くなり、ところどころに古くからの集落も見えてくる。まるで時代を遡っていくようでもある。

さらに山間に入り、一本道は両側から迫る山並みを避けるようにうねうねと曲がり始める。そんなふうにしばらく走っていくと、また開けた場所に出た。そこは道路沿いに葡萄畑があり、その脇に木造のペンションふうの建物が見えた。

ガラス制作の機材の揃ったレンタル工房だ。低料金で借りられることから、若手のガラス作家にとっては、格好の制作場所になっている。

工房にはガラス小物のショップも併設していて、そこのオーナーが陽平さんだ。長身で、口周りはびしっと髭が生えた風貌は、優しげな目がなければむしろ怖そうにも見える。

「平陽平です。上から読んでもタイラヨウヘイ、下から読んでもタイラヨウヘイです」

そう言って、レジカウンターの中から微笑んだ顔はカワイイ。

「あ、初めまして」

さすがの藍さんも戸惑っているようだった。

「へえ、ルリちゃんのお姉さんですか」

陽平さんはじっくり藍さんの顔を見つめる。

「ええ」

藍さんは、あまりにじっと見られて、思わず顔を逸らした。

「ふーん、僕にはあんまり似てないように見えるけど」

「ええ、よくそう言われるんですけど、わたしは目許は似てるって思ってるんですけど」

「へえ、そうですか」

　と言いながら、陽平さんはさらにカウンターから身を乗りだして、さらに覗き込もうとする。これには藍さんも身体の向きを変えて、小物の並んだ棚のほうを向いた。するとすかさず陽平さんはカウンターから出てきて近づき、棚のガラスの置物を摑み上げる。

「これなんかどうですか？　ルリちゃんの作ったものですけど」

　それは白鳥の形を表現したものだった。大きめのグレープフルーツくらいの大きさで、全体にシンプルに白鳥の頭部から首、そして羽へと流れるようなラインを表現している。

「なかなか可愛くて、僕は気に入ってるんですよ。なんて言うか、この曲線の優しさ、いいんだよな」

　それを手で愛おしそうに撫でてみせる陽平さん。その顔はいつの間にかうっとりとしている。

「あの、陽平さん。そうじゃなくて、ルリがいなくなったんですよ」

　わたしは、いっこうに状況を読まない陽平さんに堪りかねて切りだした。

「えっ？」

　案の定、陽平さんはわかっていないようだった。

「連絡がなくなって二週間経つんですよ。携帯もつながらないし。それで、何か知らないかと思って訊きに来たんですよ」

「えっ、いなくなったって？　二週間も？　ホントに？　ああ、どうりで最近見かけないと思ったよ」

陽平さんは、ようやく事態を飲み込んだようだった。

「もう」

わたしは呆れて溜め息をつくしかなかった。

さすがに陽平さんも気まずくなったと見え、黙り込み、妙な沈黙が訪れた。

「それ、見せてもらっていいですか？」

呑気な声がした。藍さんはルリのガラスの置物を手に取ると、それを照明に翳し、矯《た》めつ眇《すが》めつ眺めた。

「ああ、どうぞ」

かなり遅れたテンポで陽平さんが答えた。わたしたちはしばし、藍さんの様子をじっと見つめた。

「ルリって、ここではどんな様子でした？」

ガラスの置物を眺めたまま、藍さんが尋ねた。誰に向かって言われているかわからない陽平さんが黙っているのを見て、藍さんは再度声をかけた。

「タイラさん？」

「はっ？　ああ、俺？　ああ、そうですねえー」

不意をつかれた陽平さんは、少し惚けてみせてから答えた。

「そうだなあ、いつも元気で明るく周りの人たちを照らしてくれて、全てに一生懸命で、表現に自分の全てを注いでいるって感じですかね」

よくもつらつら適当なこと言って、とわたしは思ったが、藍さんは真剣に受け止めているようだった。

「表現に全てを？」

藍さんは陽平さんを見ていたが、再びガラスの置物のほうを見た。

「ただ、なんて言うのか、もうちょっと柔らかくたっていいんじゃないかと思うところもあるなあ。あれで結構頑ななところがあるから。こうだって言いだしたら聞かない頑固さがねえ」

わたしの見間違いかもしれないが、藍さんはそれを聞いて、ちょっと微笑みを浮かべたような気がした。

その間にわたしは陽平さんに近づいて、こっそりと耳打ちした。

「ほんとに、何も知らないの？」

「なんのことだよ？」

陽平さんはきょとんとしている。

「ルリの居場所に決まってるでしょ」

わたしも苛ついてくるが、陽平さんは相変わらず、「ああ」と惚けた様子。

「隣が工房になってるんですか？」

顔を寄せ合ったわたしと陽平さんが振り返ると、藍さんは工房のほうを覗き込んでいた。中が気になるらしい。

陽平さんは救われたように、「そうなんです。よかったら、中見ますか？」と調子のいい声で答えると、わたしの前を素通りして、工房へのドアを開けた。藍さんも、引き込まれるように工房の中に入っていった。わたしはしぶしぶそれに従うしかなかった。

工房の中は質素な作りで、コンクリートの床にトタン貼りの壁が作業所らしく見えた。吹きガラスを作るための窯があり、ガラスを成形する吹き竿が雑然と立てかけられている。向きを変えると、ガラスを削るグラインダーがあり、棚には色とりどりの鉱物を入れたガラス瓶が置かれていた。それらがかろうじて、ここがガラス作品が作られる場所ということを物語っていた。そうじゃなかったら、この殺伐とした風景は、あまりガラス作品そのものとは結びつかないかもしれない。

「作品を仕上げる追い込みのときなんか、ルリちゃん、ここで徹夜もざらでしたよ」

陽平さんは、工具を指し示しながら藍さんに説明した。

「ここで徹夜？　一人で？」

藍さんは、あまりうまく理解できていないようだった。

「ええ、もちろん。いまみたいにあったかい時期なんかはいいですけど、冬場はこんなところじゃ雪深いですし、寒くてやってられない」

「はあ」と藍さんは、そんな一言ひとことが信じられない様子だった。

わたしはルリがここで一心に作品を仕上げる姿を見ている。真っ赤に燃える窯を前にしたときのルリの目は普段とは全然違う。竿の先にどろっと溶けた流動状のガラスを巻きつけて取り出すとき、全身の緊張感が高まって、一段階違うところに行くんだって言ってた。自分の息を吹き込むときなんかは、それほど大きいほうじゃない身体を精一杯使って顔を真っ赤にしていた。

また、寒さに白い息を吐きながら、グラインダーでガラスを磨き上げるルリも見た。こうやると、宝石みたいに輝きだすんだ、ってルリは自分に言い聞かせるようにつぶやいていた。わたしが持ってきた差し入れの中華まんには目もくれず、さらに磨き粉を付けて、グラインダーでカットして、納得のいくまで艶を出す作業をしていた。

それでも、わたしが窓の外の降りだした雪に気づいて教えると、ふいに作業の手を止めて、窓に近づいてきた。わたしが「天から送られた手紙だね」と、雪の研究で有名な中谷宇吉郎《なかやうきちろう》博士の言葉を言うと、ルリはとっても嬉しそうな顔をした。そして、棚から懐中電灯を取り出すと、身震いするほどの寒さなのに窓を開け、空に向けた。

「こうやって、空に向かって懐中電灯を当ててると、螺旋形を描きながら舞ってくる雪がキラキラ輝くんだ」

そう言われて、わたしも思わず身を乗りだして空を見上げた。ああ、ほんとだ！　たしかにぐるぐると回りながら、キラキラした雪が降ってくるのが見える。ルリは空を見上げたまま、うっとりしたように目を閉じた。

「ああ、そういえば、ちょっと前になるけど、何か新しいものを作ってるようなこと言ってたな」

陽平さんが、ふいに言った。

「えっ、新しいもの？　ガラスの？」

わたしは、思わず身を乗りだした。陽平さんは腕組みをして考えながら、

「う〜ん、それはよくわからないんだけど。もしかしたら俺の聞き間違いかもしれない。ただ、何か漠然としたイメージみたいなことは言ってたなあ。何か秘密にしてるようでもあったしな。それ以上は、俺にも教えてくれなかったんだ」

とわたしに向き直った。

「秘密？　ルリがそう言ったの？」

「いや、はっきりそう言ったわけじゃないけど」

「それがグループ展の作品のことなのかなあ？」

「グループ展？　なんだそれ？」

わたしは、考え込んだ。ルリが作品のことを秘密にするなんて、いつにないことだった。いつもなら、新しい作品の構想を楽しそうに話してくれるのに。特に仲良くしていた陽平さんにまで秘密にしていたなんて。とすれば、その新作のことが、今度の失踪に関係しているのかも。

ますますわからなくなったわたしは、藍さんがガラス制作の工具に気をとられている隙に、陽平さんの腕を引っ張って、ドアの外に連れだした。ガラス工房の裏手は、山間を縫うように浅野川が流れていて、その流れを見渡せる位置にバーベキューでもできそうな丸太製のベンチとテーブルが設えられていた。

わたしは、そこに陽平さんを引っ張っていき、問い詰めた。

「陽平さん、ホントのところ、ルリとはどうなの？」

「えっ？　どうって？」

「わたしは、深いところまでは知らないけど、付き合ってるの？　付き合ってないの？」

「ちょっと待てよ。急に何言いだすんだよ」

「わたしは、本当のことが知りたいの」

「そんな、付き合うなんて。だいたい、彼女といくつ離れてると思ってるんだよ。二十だよ、二十」

「でも、ルリは結構、年配趣味だし。いまどきそんなの関係ないでしょ」

「年配って、今度はいきなり年寄り扱いか？」

「まさか、どっかに囲ってるとか？」

「囲うって？　何時代の人間だ、お前」

「とにかく、ルリがいなくなったの。何か心当たりはないの？」

「バイトも忙しいようだったし」

「バイト？　バイトもしてたの？」

「ああ、何かお金がいるって言ってた」

「するとやっぱり制作のため」

「そうじゃないか」

　そうなのか、わたしはそこで溜め息をついてしまう。わたしは、むしろ、本当は二人が付き合っていて、サプライズを目論んでちょっと内緒にしていたなんて、間抜けな結末を期待していたのかもしれない。

そのとき、突然カムパネルラの遠吠えが聞こえた。ずいぶん長い鳴き声だった。どうやら車の中に閉じ込めておいたのが気に入らないようだ。その後も激しく鳴き続けている。

「ねえ、その秘密の新作って、もうできたのかな？」

わたしは後ろ髪を引かれるところ、急いでそう訊いた。カムパネルラは、さらに高らかに鳴き声を上げていた。

「わからないけど、いや、たぶんまだじゃないかな」

陽平さんがそう言うのを聞くか聞かないうちに、わたしは「ありがとう」と言って、カムパネルラの鳴き声がする車のほうに走っていった。

Ⅳ

「ああ、たしかにバイトに来てたよ」

胡麻塩まじりの口髭を生やしたマスターが、厨房からそう答えた。忙しく料理の仕込み中だ。

そのビストロは犀川から近く、蛯原さん家からもほど近い住宅地にあった。この辺りは江戸時代は中級、下級の武士の居住地だったところで、白壁の土蔵があったり、店の前に保存樹となっているモミの古木があったりする。また、堀跡の石碑なんかも建っていて、歴史をいまに伝えるように、路地も細く入り組んでいて、格子戸や生け垣のある家が建ち並んでいる。

　そんな中にある、外観が石塀で大正ロマンふうの木造家屋のビストロは、日本家屋の古民家を再生させて造っただけに、ごく自然に周囲の家並みにとけ込んでいるし、こんなところにお店があるなんて、ぱっと見には誰も気づかないに違いない。

　わたしたちはいったんルリの家に戻って、カムパネルラを無理やりゲージに押し込んでからこのお店にやってきていた。

　やっぱり、そうか。こんなルリの家から目と鼻の先にあるお店を捜さず見落としていたなんて。この店にルリがよく来ていたのはもちろん、わたしともしょっちゅう来ていたのに。それにしても、また髭。もしかして、ルリって、髭フェチ？

　わたしと藍さんが座るテーブルに、奥さんがお冷やを運んできた。さっぱりとしたボブヘアで、シンプルな黒いシャツ、黒いロングスカートが品のよさを感じさせた。

「そんなに血相変えてどうしたん？」

　しかも奥さんは、京都の人なのだった。そういうこともあってか、ルリはこのお店に来ると落ち着くって言っていた。

「ルリ、最近どんな様子でした？」

「なんかねえ、ちょっと金欠だって言ってたけど。特にはっきりしたことは言ってなかったよ。それは作品作るためだろうとは思ってたけど」

やっぱりそうなのか。でも、そこまでして本当に作品を作るためなんだろうか？　まさか貯め込んで不倫旅行とか、そんなんじゃないよな。それとも貢いでいるパターン？　そんなバカな。

「ねえ、さっきから何ぶつぶつ言ってるの？」

藍さんもさすがに声をかけてきた。すっかり探偵気取りだったわたしは、はっと我に返った。

「あれこれ思いを巡らせてるうちに、なんて言うか、その」

「ほかに知ってることがあるなら、わたしにも教えてよ」

藍さんは不満げな顔をした。

「いえ、そんなわけじゃ」

わたしも決まりが悪くて黙り込んでしまう。そんなわたしをうっちゃって、藍さんは厨房のほうに顔を向けて、

「ルリは、ここではどんな様子でした？」

と奥さんに、さっき工房で尋ねた質問を繰り返した。

「うん、一生懸命働いていましたよ。いつも明るい子だから、お客さんの受けもよか

ったし。ただ、お金稼ぐのが目的だったんだろうけど、手が空いたときは、マスターが料理を作る姿を飽きもせずよく眺めてたな」

奥さんが厨房の中に目をやると、手際よく料理が作られていくのが見える。

「きっと、作る姿と料理そのものの両方を見ていたんだと思う」

そう言いながら奥さんは頷いていた。

それで何かを摑もうとしていたのかな？　ヒントみたいなものを？

わたしはまた考え込んだが、さらに謎が深まるようだった。

「こういうお店ってホントに落ち着くよね。京都にもあるけど、古民家を再生してお店にするのって素敵」

藍さんは自分の質問も忘れて店内を見回して、なんだか楽しそうだ。

板張りの床にはなっているが、和室の名残が見え隠れしていて、かつて縁側だったと思しき箇所はガラス戸で仕切られていた。その外には植木があり、外塀とで囲われた中庭になっている。

天井に張り巡らされた旧式の電気の配線が剝きだしになっていて、まるでデザインされた装飾品のように見える。使い古されたものが手を入れられることで息を吹き返し、時代遅れだからと言って捨て去られるのではなく、その生き延びてきた歴史とともに温もりある雰囲気を醸しだすのに一役買っている。

バックに薄く流れているジャズが、店の雰囲気にピッタリ嵌まっている。エラ・フィッツジェラルドの歌声が、優しく包み込んでくれるようだ。

「じゃ、ワインでも飲んじゃいますか？」

わたしは、状況も忘れて、つい軽いノリで言った。

藍さんが急に姿勢を正し、わたしのほうに向き直るので、何かまずいことでも言ったかなと身構えると、「そうしようか。今日はなんだか疲れたし」と呆気なく同意した。

一瞬緊張したわたしは思わず力が抜けたが、すぐにメニューに目をやり、ワインリストの中でもリーズナブルなチリワインにしようと提案した。が、果たしてワイン通なのかどうなのかわからないが、藍さんはそれを気に入らなかったらしい。ブルゴーニュがいいなどと言いだしたので、しぶしぶ奥さんに選んでもらった。

どうせわたしはワインなんか知らないから……チリワインだって果実味豊かで充分美味しいのに。半分ふて腐れているのが顔に出たのだろうか。「ピノ・ノワールは忍耐の葡萄品種なのよ」「繊細で、栽培も難しく手間もかかるけど、うまく熟成すれば華やかな香りと深い味わいを醸しだすのよ」と、グラスを回し蘊蓄をひけらかし始めたから始末が悪い。もう呆気にとられるしかなかったが、次の瞬間、わたしは目を瞠った。よっぽど上品に飲むのかと思いきや、藍さんは憂さを晴らすかのように、勢いよく、ぐいぐいとグラスのワインを飲み干していく。ビールじゃあるまいし。あっという間にグラスは空になり、ボトルを手に取ると自分でどばどばと注いでいく。

なんて勢いなの。いったいどれだけ飲むつもりなんだろう。飲むたびに深い息をついているけど、どれだけ酔いが回るか、全然勘定に入ってないんじゃないだろうか。もしかして、このぶんだとわたしのほうが忍耐ってことになるんじゃないの、って思う。

ものすごい勢いで一本目のボトルが空いて、二本目に入ったあたりで、藍さんは急に思い詰めた表情で言った。

「お父さんの葬儀にやってきたルリは、何も言わなかった。わたしは、何か訊いたほうがよかったのかもしれないけど、何を訊いていいのかわからなかったのよ」

わたしは虚をつかれた。ここでマジな話？　って慌てて答えを探すものの見つからず、間を埋めるように、「そうですね。ずっと会ってなかったわけだし」と言い繕うしかなかった。

藍さんは、宙を見つめたまま考えていた。

「そういうことじゃなくて。さっきも言ったけど、本当は何かをお父さんに伝えたかったんじゃないかと思うの。だけど実際、祭壇を見つめたまま、その伝えられないもどかしさを噛み締めていたんじゃないかって」

「伝えられないもどかしさ……って？」

「わからないけど、わたしには、そんなふうに見えたの」

わたしはますますわからなくなり、考え込んだ。不可解なまま思いを巡らし、「そして、そのまいなくなっちゃったってことですよね……」と念押しするしかなかった。

「ええ」

今度は消え入るような声で藍さんは答えた。

「でも、ルリって、お父さんとはうまくいってなかった……ん……ですよね？」

藍さんの表情を探り探り、わたしはなかなか触れられなかった部分に踏み込んでいった。藍さんも一瞬ためらいを見せたが、ふっと顔を上げて答える。

「たしかに表面的にはそうだったかもしれない。でも、お父さんは、ルリのこと心配してたんだよ、ずっと」

「ルリがガラス作品を作ることに反対してたって聞いてましたけど」

わたしは、納得できずに反論した。

「そうじゃないのよ、それはルリの誤解。間近で見ていたわたしが言うんだから間違いないわ。お父さんは、むしろルリにガラスを作ってほしかったし、応援してたのよ」

ええっ！　わたしは、思わず唸った。ルリから聞いた話とまったく逆のことを聞かされていると感じた。じゃあ、あんなに苦しんでいたルリは、いったい何に苦しんでいたの？　別れた彼氏のことは別としても、もう一つは、お父さんのことだったはず。いまどき女だからって、自分の進もうとしている道をただ闇雲に反対するなんて信じられないって言っていたはず。自分だって家を継がなかったくせに信じられないって。じゃなきゃ、わたしはまったくズレていたとしか言いようがない。

わたしはしばし、そんなふうに思いを巡らせていたが、気がつくと、さっきから藍さんは俯いたまま顔を上げようとしない。何かまずいことでも言っただろうか。さらに考え込ませるようなことを言っただろうか。それとも、あまりに踏み込んだ話のせいだろうか？　だけど次の瞬間、その杞憂《きゆう》は脆くも崩れ去った。

微かに寝息が漏れてきたのだ。なんて安らかなの。もしかして、これは、酔っぱらったせい？　飲みすぎて潰れたってこと？　やはりあの飲み方は、尋常じゃないって思ったよ。たしかに、あの勢いで飲んだんだからしょうがない。

その頭は、いよいよ船を漕ぐようにゆらゆら揺れてテーブル上に落ちていきそうだ。わたしは、日本酒さえ豪快に飲むルリに鍛えられたせいで、これくらいの量じゃ潰れたりしないけど。

ちょうど、そこに「エンジェル・アイズ」が流れてきた。「エンジェル・アイズ」

とは、恋い焦がれる女性のことで、これは、振り向いてくれない彼女のことを歌った男の片思いの曲。ラストの歌詞〝Excuse me while I disappear〟が切なく哀しい。

「大丈夫かな？」

　さすがにマスターも心配して厨房から出てきた。

「一日歩き回って、きっと疲れも出たんだろうと思います。今日は、ルリの部屋で寝るって言ってましたから。わたしが送っていきます」

　マスターはそれを聞いて頷いたが、はたと気がついたように表情を変えた。

「そうだ、思いだしたけど、ルリちゃん言ってた。何かが動きだすイメージがどうのって」

　そう言って、壁に設えられた木製の棚に載っているガラスの置物のほうを見た。もちろんそれはルリの作品で、向日葵を象っているものだった。

「動きだすって？」

「うん。どういう意味なんだろう？　そのときは、なんとなく聞き流してしまったんだけど。何か作品のイメージだったんだろうか？」

「なんだろう？」

　わたしは、腕組みして考え込んでしまう。

「それが、どこかに行くってことかな？」

「まさか、銀河鉄道？」

「えっ！」

マスターは何か聞き間違いを質すような声を上げた。

「はは、なんでもないです」と取り繕いながら「そうですね。でもルリって、どこか夢見がちなところがあるから」とわたしは誤魔化すように言った。

朦朧としながらも藍さんが夜風に当たりたいと言うので、身体を支えながら暗い路地を歩いて犀川沿いの歩道に出た。この道は、『犀星の小道』と呼ばれている。地元金沢出身の作家であり、詩人の室生犀星《むろうさいせい》の生家があったことにちなんで名付けられている。「ふるさとは遠きにありて思ふもの」と詠ったことくらいは、わたしだって知っている。


満開の桜がガス灯に照らされて、昼間とは違って恐ろしいほどの白さを際立たせていた。桜というものに託す日本人の精神性について、いろいろ聞いたことはある。平安時代の和歌に多く詠われたり、武士道を象徴するものだったりとか。普段は意識することなんて全然ないが、いざこんな光景を見ると妙に納得してしまうから不思議だ。

取材で知ったけど、犀川の桜は、もともとは日露戦争の戦勝記念で植えられたものらしい。ニチロセンソウなんていうと、わたしからすると、遠い遠い、歴史の教科書でしか知らない時代のことだけど、やっぱり、華やかで美しくありながらも、儚く散っていくところに、心情的に重ね合わせてしまうのだろうか。

わたしたちは、そんな満開の桜の下にあるコンクリートの堤防に寄りかかって休んだ。しばらくそうしていると落ち着いたのか、藍さんも少しずつ酔いが収まっていくようだった。やがて、また喋り始めた。

「本当に、わたしにはわからないのよ。ルリのことが。だから、どうしていいのか、まったく……」

その言葉は、どんどん弱音に変わっていっているようにしか思えなかった。ワインの蘊蓄を滔々と捲し立てていた人と同一人物とは思えない。

「姉妹って言ったって、所詮は他人なんじゃないかって思う」

一人っ子のわたしとしては、これになんて答えればいいのだろうか。気休めを言ったところで、この様子では納得してもらえそうにない。でも、わたしだっておおいに嘆きたい気分でもあったのだ。〝親友〟って言ったって、やっぱり他人だしって。

ふと、わたしたちの寄りかかっている堤防の先に人影が見えたような気がして、思わず身を乗りだした。その人影は、足許の悪い堤防の上を、サーカスの綱渡りよろしく両手を広げて、バランスをとりながら暗闇のほうへ進んでいく。

ルリ？　その後ろ姿が、わたしにはルリのように見えた。

左右の腕は天秤のように微かに上がり下がりして、慎重に足先を踏みだしている。わたしはそれを見て、いつの間にか、落ちないでと念じている。

そうやって危ういバランスをとりながらも、ルリはいつもわたしを擦り抜けていく。待って、と手を伸ばしかけるが、その人影はいっさい振り返ることなく、やがて暗闇の中へ消えていった。

「ルリ、どこ行っちゃったのよ！」

藍さんは、暗闇に向かって声を上げた。それは、わたしの声でもあった。桜の花弁の白さが目に入り、暗闇はさらに黒く深く感じた。

第二章　霞んでいく

I

やっとの思いで藍さんを布団に寝かしつけると、わたしはルリの机に近づいた。実は昼間気になっていたことがあったのだが、藍さんの手前、触れられなかったのだ。

　ルリの机の上には、ノートパソコンが置かれている。藍さんはすっかり眠り込んでいるが、わたしは念には念を入れて二間続きになっている襖を閉めた。わたし自身、ルリの知られざる秘密を覗き込むようで必要以上に緊張しているのだ。このぶんだと藍さんは、このパソコンにまで追求の矛先を向けるだろう。それはそれで仕方のないことだけど、わたしとしては、藍さんに知られる前に、なんとしても突き止めたかった。それは紛れもなく、わたしとルリの関係だからだ。その手がかりを掴むためにも、厳しく踏み込むしかない。どこかにヒントになる何かが書かれているかもしれないのだから。

しかし、そう言い聞かせれば言い聞かせるほど、どこか後ろめたさを感じていたのも確かだった。それは単なる言い訳にすぎず、人格の奥の奥まで覗き込もうという興味本位のなせる業なのではないのかと。

モニター部分を開き、パソコンを起動する音は、静まり返った部屋では妙に大きく響く。ゆっくり画面が立ち上がると、パスワードを要求された。

そこでまた躊躇する自分がいるが、パスワードなら見当がつく。たしか前に聞いたことがあったからだ。「パスワードは、自分の生年月日じゃなくて、好きな作家のにしてる」と。

わたしは、目の前の本棚から『銀河鉄道の夜』の文庫本を取り出す。ペラペラとページを捲り、最後の「年譜」に辿り着く。

——宮沢賢治の生年月日、明治二十九年八月二十七日の記述。

これだ。わたしは息を整え、慎重にキーを選んでいく。

「M」(宮沢)、「K」(賢治)、「2」「9」(明治29年)「8」「2」「7」(8月27日)。ここまでで七文字。リターン・キーを押すが、エラーになる。思わず舌打ちが出る。

わたしは再度、同じキーを一つひとつ押していく。「M」、「K」、「2」、「9」、「8」、「2」、「7」。たしか七文字じゃなきゃ、八文字だったはず。あと一文字、何かあるはず。なんだろう？　私は必死に思いを巡らす。ルリ、ルリ、ルリ……。そうだ、ルリ……「R」だ。

「R」のキーを選択し、リターンを押す。

するとロックは解除され、OSのトップ画面を表示した。わたしはふうっと安堵の息を漏らした。すぐにメールソフトを開き、開封済みメールのフォルダを開く。受信ボックスを見ながら、思わず生唾を飲み込んでいる自分に気がつく。そこには、簡単な通信的なメールばかりで、それ以外に並んでいるフォルダには、それらしいものはないようだった。

「やっぱり携帯メールのほうか」

わたしは落胆して考え込んだ。

そこに見えた「cloud」の文字。もしかして、携帯メールも大事なものは「cloud」でPCと共有しているかも。すぐに「cloud」のメールボックスを開くと、たちまちメールが続々と画面に立ち現れた。

目に飛び込んできたのは、意外な、いや、そうあってほしくないと願っていた送信者の名前だった。

間にいくつか違う名前も入ってはいるが、圧倒的に同じ名前が並ぶ。

「Kotaro, Kotaro, Kotaro, Kotaro……」

実は、ルリの部屋に彫刻展のハガキがあったことすら意外だったのだが、これは二人の通信の動かぬ証拠に違いない。リストを見ると、最近まで送受信があったことがわかる。

遡ってどれかメールを開いてみようとすると、その名前はずいぶん前からあることに気がつく。とにかくその一つをクリックしてみる。

『この前の詩、読ませてもらったよ。言葉がよく選び抜かれていて、研ぎ澄まされている感じがしたな。感心したよ。それでいて、何か切なくなるような、なんとも言いようのない気分が溢れていたよ。

ルリがそんな気持ちを持ってたなんて、すごく意外だったよ。ルリが言ってたように、気持ちが溢れてきたときに言葉にして出していくって、こういうことだったんだ。俺にはわからなかったけど、言葉にすることで楽になれるっていうのが、少しわかったような気がする』

詩って、どの詩のこと？　わたしだって、見せてもらったことないっていうのに。そんな、ルリ、なんでなの？

次のメールを開く。

『俺も思いだすよ。あそこで見た光、身体いっぱいに受ける潮風とその匂い。あの空間が癒やしてくれていったんだと思う。それで、ルリの表現の原点ができていったんじゃないかな。そんな空間全体の効用ってあるんじゃないかな。

常々思ってるんだけど、人間ってやっぱ住んでる場所や空間の影響も含めて創られるものなんじゃないかな。人格ってそういうものだと思うよ。そういった言葉を超えたものが、あの場所にはあると思う。俺自身は、別に何もしていない』

あそこってどこなの？

日付を見ると、美大卒業後、ルリが能登島のガラス工房に行ってたころだ。わたしとルリにとって、〝空白の一年〟だ。

『ルリにとって詩は、ガラスでも埋めきれない何かを表現するものなんだってわかった気がするよ。本来ならガラスで全てを表現できればいちばんいいんだろうけど。そうやって、詩とガラスを往復しながら、次の表現に向かっていけるんだな。次にやろうとしてる作品には期待しているよ。詩とガラスが一体となるように。とにかく、頑張れよ！』

頑張れよなんて、偉そうに。わたしにはそんなこと言ってくれなかったくせに。ルリがこんなアドバイスを黙って聞いてたんだろうか？　そんなはずない。でも、もっと読んでみなきゃわからない。いったい、どうなってるんだろう？

『この前言ってた銀河っていうテーマ、ルリの作品に合ってると思う。さらに言えば、「内なる銀河」ってことかな。手の届かないところにある宇宙じゃなくて、内側に広がる宇宙。すっごくいいと思う。ガラスの中に無限に広がる銀河。それはきっと、ルリ自身の内面世界のことなんだろうな。幾重にも屈折する光が、輝きとともに、さまざまな像を描きだしてくれるんじゃないかな。絶対に完成させろよ。楽しみにしてるよ』

銀河？　やっぱり、銀河鉄道？

『ガラスは、もしかしてルリにとって世の中を見るフィルターなのかもしれない。それを通していろんな燦めきを見せてくれているけど、ひとたび見方を変えると、壁となって自分自身に立ち塞がってくるんじゃないかな。それが、先に行こうとするルリを引き留めているような気がするんだ。なぜならガラスは、それを見ている自分自身の姿をも映しだすからじゃないだろうか。

そのガラスの向こうと、自分自身の姿が二重の像になって映しだされている。そのズレが、実際に見えているものを不確かにしているんじゃないかな。どれが実体なのか、どれを信じていいのかって。誰もが知りたくて、誰にもわからないんだと思うけど、それは自分自身で掴み取るもの。その壁を乗り越えたとき初めて、本当のルリの表現に到達するんじゃないかな。言ってみれば「瑠璃」の向こう。

ちょっとこじつけてしまうけど、大好きな宮沢賢治ふうに言ってみれば、
雨ニモマケズ、風ニモマケズ、雪ニモ夏ノ暑サニモマケヌ、丈夫ナカラダヲモチ、欲ハナク、決シテイカラズ、ミンナニデクノボートヨバレ、ホメラレモセズ、クニモサレズ、アラユルコトヲジブンヲカンジョウニイレズニ、ヨクミキキシワカリ、ソシテワスレズ、目指スモノガハルカカナタダトシテモ、瑠璃ヲカザシテマエヲミツメル、ソレガ目ノ前ヲフサゴウトモ、夢ヤ希望ヲツネニモチ、ヒトアシズツマエニススム、サウイフモノニ、ワタシハナリタイ。

そんなふうに淡々としながらも、無心で、力強いものになれればいいんだけど。とにかく、これは目指そうとするものの、二人の合言葉になるかもな。ちょっと暗号みたいでいいんじゃないか？　この暗号みたいなルリノムコウを目指して、お互いに頑張ろう』

ルリノムコウ、ルリノムコウ……？

『俺はまだ、ケンタウルスにも至ってないような気がする。ルリは、いまどこにいるんだ。サウザンクロスも越えていったのかい？　それとも、ルリノムコウ？』

また、ルリノムコウ？

ほかの人間には理解できない親密な世界を見せつけられたような気がして、急に読み進めるのが苦しくなってきた。宮沢賢治が好きなのは、航太朗のほうだったのか？いや、それすらわからない。もっと読まなければ本当にはわからないのかもしれないが、逆に、読めば読むほど真実からは遠ざかり、わからなくなっていくような気もする。

わたしは耐えきれず、パソコンを閉じた。そして物音を立てないように静かに表に出た。

再び、犀川沿いの桜の下の歩道を足早に歩きながらスマホを手にすると、勢い込んで登録アドレスの一つをタップした。コール音を聞きながら、歩く速度はますます速くなっていく。

「何？」という不躾な返事を跳ね返すように、「話があるんだけど、ちょっと出てきてよ！」とお店の名前を言った。「何を言っているのかわからない」って白々しくも抵抗するので、「ルリが戻ってきたんだよ」と言い添えた。「えっ！　ホントなのか？」と、単純にも相手が動揺を隠しきれなくなってきたので、「ルリノムコウだよ！」って怒鳴って、有無を言わさず電話を切った。

聞きたいことは山ほどある。いろいろな言葉の数々が浮かんできて、頭の中を駆け巡る。なんで、なんで、なんでなのよ！　二人して、わたしを騙していたってこと？　黙って、二人は付き合っていたってわけ？

わたしは足早に、片町の地下にあるクラブに向かった。果たして、航太朗はやってくるだろうか？　いや、たぶん来るだろう。来るに決まってる。ルリノムコウを目指すなら、二人でルリノムコウを目指すなら、来なきゃならないはず。自分でもわかっているはずだから、来ないはずがない。

ＤＪのエディはここでは人気者だった。わたしは、お店の取材で知り合いになり、同年ということもあってすぐに意気投合した。エディと呼ばれてはいるが、純然たる日本人だ。本人は決して認めようとはしないが。わたしの姿を見ると、急にわたしの好きなＨＩＰ　ＨＯＰのナンバーにチェンジした。ちょっと軽薄なところはあるけど、気のいいヤツ。わたしはそれに手を振って応えた。

フロアでは、明滅するライトの下で若い男女が入り乱れて踊っている。わたしはバーカウンターでサワーを頼もうとしたのを止めて、「何かガツンとくるやつ」とオーダーした。バーテンダーの男の子がちょっとおどけた顔で、「これ五〇度あるよ」と差し出すウオッカのロックを持ってテーブルに着いた。

気持ちが昂っているせいか、フロアの喧噪がまったく気にならない。激しく打つビートが、妙に鼓動と同期する。そこに、これでもかと激しくスクラッチが入る。サンプリングの曲の断片がスピーディーに入れ替わり、テンポも変わる。普段は聞き流してしまいそうなラップが、独立した言葉のように粒だって耳に飛び込んでくる。その単純な言葉の羅列が、どんどん自分の気持ちを荒立てていくようだ。激しく、獰猛に言葉が煽り立てる。

Yo,Yo,Yo! Check It Out. Come on Yeah!

わたしは、ウオッカを勢いよく呷る。喉ごしは爽やかに感じるが、遅れて、熱くきついものが胃を刺激する。思わず口を開け、ヒリヒリする後口とともに熱い息を吐き出すと、背筋がぞくぞくした。

エディが一仕事終えてわたしのテーブルにやってきた。

「今日は一人？」

「タバコある？」

わたしは、エディの質問をはぐらかすように訊いた。

「あれ、やめてたんじゃないの？」

と言いながらも、エディは胸ポケットからタバコの箱を取り出し、わたしに一本突き出す。わたしはそれを受け取り、火ももらう。タバコを吸い込み、思いきり煙を吐いた。しばらくやめていたタバコは少々きつく感じたが、やはり気分は落ち着くようだ。

「航太朗が来るんだ」

エディの質問に、遅れて答える。

「へえ、珍しいね。航太朗とは」

そんなエディの反応を無視するように、わたしは続けざまに言った。

「ねえ、そんなことより、ルリ、どこに行ったか知らない？」

「えっ？　ルリが？」

エディは驚き、「いないの？」と確認するようにもう一度訊き返した。

「あ〜あ、やっぱりね。知ってるわけないと思った」

わたしは呆れてタバコの煙を吐きだした。

「な、なんだよ。どうせ知らないさ。俺のことなんか、ルリは気にも留めてないだろうしな」

「あれ、どうしたの？　なんかいつものノリじゃないみたい。『愛してるに決まってんじゃん』は？」

　両手の親指を突き出すエディお得意のポーズを決めてやった。

「ルリを愛してるのは、もちろん愛してる。だけど、現実だってしっかり受け止めてるってこと」

　エディは首を振って苦笑し、必死に大人ぶってみせた。

「それは、ホント意外」

　わたしは呆れて、視線を外してタバコを吸った。

「バカにしてるよ」

「それじゃ訊くけど、あんたにとって愛するってどういうことなの？」

「えっ？」

　エディは一瞬怯み、「今度は哲学か？」とおどけた。

「あ〜あ」と、わたしは溜め息をついて、

「やっぱりそんなものなのよね。結局、誰だって、そこをつかれたら何も言えなくなるんだから」と嫌みを言った。

「なんかよっぽど嫌なことでもあったみたいだな」

今度はエディが溜め息をついた。

「おや、彼氏のお出ましかな?」

エディが入り口のほうに顔を向けて言った。

「彼氏じゃないって」

わたしは、振り返りもせずそう答えた。

エディは「こっち」と、入り口に立つ航太朗に向かって勝手に手を振り、「邪魔者は消えるよ」と、微笑みを浮かべてDJブースに戻っていった。その勘違い振りに言い返しそびれて不満なわたしは、そこで初めて振り返った。

ライトが激しく点滅し、人影がフラッシュのように浮かび上がる中をやってくる航太朗を見つけた。大音量で鳴り響く音楽に反応し、時折陽気な歓声を上げる男女が蠢いている状況に、いかにもそぐわない鈍重な歩みで近づいてくる。わたしは真っすぐ航太朗を見ていた。この男がいままで、いったいどういう思いでうそをついていたのか、考えるだけで口惜しさ憎らしさが募り、破裂しそうになる。航太朗はたぶんわたしの視線を感じていたのだろうが、フロアを行き交う男女を避けることに気をとられ、視線も右に左に彷徨っていた。

やっとの思いでわたしの前に立つと、音楽とライトの点滅に圧されながらも、おずおずと「ルリは？」とつぶやいた。

わたしが聞こえないフリをして無視すると、さらに声を上げて「ルリは？」と言った。航太朗の顔はライトの点滅で、赤く照らされたり、影になったりしていた。

「自分がよく知ってるんじゃないの」

わたしは赤いライトに照らされる中、精一杯皮肉を言った。

相対する影の中で航太朗は戸惑っていた。それで埒が明かないと判断したのか、「もっと静かなところで話さないか？」と懇願するように言った。わたしは明滅する明かりの中で、見え隠れする彼の表情をじっと見た。

「とにかく座ってよ」

わたしは、できる限り冷静さを保とうとしていた。

それが聞こえたのか聞こえていないのか、航太朗は相変わらず落ち着かない様子で、辺りを見回している。

「座ってよ！」

語気の強さに観念し、航太朗はしぶしぶ椅子に腰を下ろした。

また、マイクを通したエディの声が響き、ＤＪプレイが勢いを増した。スクラッチが唸りを上げ、さらにアップテンポな曲調に変わる。

「ルリとは、いつからなの？」

ラップが、脅迫のように煽る。

「いつからって？」

「この期に及んで惚けるつもり」

わたしは、航太朗をそれこそ脅迫するように睨みつけた。

「別に惚けてるつもりはないけど」

航太朗は明らかに動揺していた。

「じゃあ、どういうことなのか説明してよ」

「何を」

わたしは、あからさまに不満の表情を浮かべた。

「わたし、見たのよ。ルリのメール」

「お前」

航太朗は急に表情を変えた。

「わたしだって、そんなことしたくなかったよ。でも、しょうがないじゃない。なんにも手がかりはないいし、航太朗は何も喋らない。ほかにどうしろっていうのよ」

航太朗は、俯いて考え込んだ。その間もビートが激しい動悸のように打ち、ラップが荒々しく捲し立て、空間を揺さぶる。そしてちょっと間を置いてわたしを見ると、観念したように言った。

「俺は、ルリのことが好きなんだ」

その言葉はある意味、居直りとも受け取れた。

それにしても、抜け抜けとこいつは何を言うのだろう。わかっていたにしても、いざ単刀直入に言われると、わたしは黙り込むしかない。今度は、ラップがそれを後押しするように感じてしまう。

「ただ、それだけなんだ」

わたしの反応を見て、さらに念押しするように言った。

それだけって、わたしの立場はどうなるのよ。それじゃあ、わたしは航太朗にとってなんだったのよ。

想いが次から次から溢れ出してくるのに、いっこうに言葉になろうとしない。口元を震わせたまま黙り込んでいると、それまで流れていたのに聞こえていなかった音楽のビートが、新たにガンガン響いてくるようだった。二人の沈黙の間に、どんどん音楽が割り込んでくる。

「じゃあ」と、やっとの思いでわたしが言いかけるのを、航太朗が遮った。

「でも、いま、ルリがどこにいるのかは、本当に俺もわからない」

わたしは、ますます困惑して言った。

「そんな、どうして？　二人は付き合ってるんでしょ？　彼女がどこにいるかも知らないっていうの？　全然わかんない！　そっちのほうが、よっぽどわかんない！」

航太朗はわたしの言葉をじっと受け止めていた。

「わかんないよ！」

わたしは繰り返すしかなかった。

「なんて言ったらいいか……」

言葉を搾り出すように航太朗は言った。

「正直俺にもわかんない。だけど、きっと、何かに踏ん切りをつけるためなんじゃないかっていう気がする。それ以外考えられない。それで、もしそうだとしたら、それを止める権利は俺にはないと思ってる」

「ルリが踏ん切りをつけなきゃいけないことってなんなのよ」

航太朗はそれでまた黙り込んだ。

「止める権利がないって、どういうこと？」

航太朗は、やっぱり口を噤んだままだった。

わたしは、半ばヤケになっていた。二人の関係のことで驚かされたうえに、自分の与り知らないところで、ルリの気持ちの何かが動いていたなんて。ひどい、ひどいよ、ルリ。航太朗を相手に問い詰めていったとしても埒は明かないだろう。いつしか思いをぶつける相手は、この場にいないルリへと向かっていた。

そのとき、ＤＪブースのマイクを通して、エディが即興のラップを歌い始めた。

険しく立ち塞がる壁、躓き転がり始めた坂
這い上がる坂、また上る坂
手探りの希望胸に抱き懸命に登る
力の限り登る
心の限り叫ぶ、命の限り叫ぶ
ムコウ、ムコウ、ルリノムコウ……
越える明日、輝く未来、
ムコウ、ムコウ、ルリノムコウ……
光輝き、また導く

そううまいわけでもないラップだったが、わたしはその歌詞が聞き間違いじゃなかったのかと思い、ＤＪブースのほうを見た。
たしかに言った。ルリノムコウ……、ルリノムコウって言った。どういうことなの？　エディまでが……。みんながわたしの知らないところでつながっていて、わたしだけが知らない何かを共有しているみたいだ。響き渡る声や音楽が、急速に遠ざかっていくような気がした。

そんなとき、航太朗が言った。

「でも、きっと帰ってくるよ。そのうち。何事もなかったようにさ」

航太朗は、わたしを慰めるつもりで言ったのだろうが、そんな場違いな言葉に、かえってどういうつもりなのかと疑いたくなる。

キット帰ッテクルヨ。ソノウチ。何事モナカッタヨウニ。

よくそんなことが気楽に言えたものだ。軽々しいその言葉自体が、意味を剥奪されたラップのように感じる。まるで自分がからかわれているみたいだ。

「もういい！」

わたしは立ち上がると、航太朗を残して足早に出口に向かった。

途中、フロアを埋めた男女に遠慮なくぶつかりながらも歩いていくと、急にルリの笑顔が浮かんできて、二人で過ごしたいろいろな場面が次々と思いだされてくる。

卒業直後、わたしが航太朗と別れたとき、二人で日本酒を飲んで、ルリは慰めてくれた。そうだったよね？　あいつのことなんか忘れろって、そう言ってたよね？　滅茶苦茶に酔っぱらって、そう言っていたよね？

あれはなんだったの？　ねえ、ルリ！　ルリ、答えてよ！

まさかそのときすでに航太朗と付き合っていたわけじゃないよね。それで、ポーズだけとって、二人は……。なんだか、ルリが途轍もない性悪女のように思えてきた。まさか、わたしたちの関係ってそんなものだったの？

「おい、待てよ」

階段を上がるわたしを航太朗が追ってきた。わたしは、それを振りきるように小走りに先を急いだ。

再び、桜が照らしだされている犀川沿いの犀星の小道に出た。

わたしは、無言で桜の下をずんずん早足で進んだ。航太朗も必死にあとを追いかけてくる。夜の闇に白く浮かび上がる桜は、静謐《せいひつ》なイメージと言うより、その美しさの奥に死を孕んでいて、それを押し隠しているようだ。それがひとたび、嵐が吹き荒れれば、むしろ狂気を煽り立てるほどに荒れ狂うに違いない。かつて、そんな小説があったように、こんなにも美しい満開の桜の下だからこそ、人は狂わずにはいられないのかもしれない。

やっと追いついた航太朗が、わたしの手を取った。わたしははっとして立ち止まって、それを力一杯振り解いた。

「待てよ、待てったら」

航太朗はそう言って必死に引き留めようとした。わたしたちは、しばし無言のまま向き合った。

「ルリは、お前のことを気にしてた。ほんとに気にしてたんだ。だから、だから……かえって、何も言えなかったと思う」

ふいにわたしの頬を涙が伝った。それは自分でも予想外のことで、わたしは慌ててそれを手で拭った。そんな言い訳があるの？　そんな言い訳がまかり通るとでも思ってるの？

「それじゃ、なおさら、なおさら、ひどいよ」

わたしはそれだけ言い返すのが精一杯で、また振り切るように走りだした。

わたしにはわからなかった。航太朗とは、とっくに終わっているはずだったのに、どうしてこんなに動揺するのだろう。心の揺れを抑えることができない。考えれば考えるほど、わからなくなっていった。

とにかく、もう、誰とも一緒にいたくなかった。誰にも会いたくなかった。ただ一人になりたかった。それだけの思いで、必死に走った。すぐに息が上がって苦しくなったが、それでも走り続けた。気持ちの昂りを鎮めるために、ただ肉体を酷使したかったのかもしれない。そのうち息が乱れてくると、重心が右に左にぶれ、路面を蹴る足もひどくベタ足になっていった。足は縺れ始め、ついには喘ぎだした。つらくなって振り返ると、航太朗はもう追ってきてはいなかった。それでほっとしたせいか、また頬を涙が伝った。

己を制御できない自分が、今さらながらふがいなく思われ、それを拭いながらさらに涙が溢れた。連鎖反応のように今度は情けない声までが漏れ出た。苦しい呼吸の中で、その声はひどく引き攣ったものだった。誰にも見られたくないほど顔を歪め、わたしは走り続けた。今度は航太朗から逃れるためでなく、まるで自分から逃れるかのように。

Ⅱ

頬に生暖かいものを感じて目が覚めると、そばにカムパネルラの顔があった。さては、わたしの顔を舐めていたんだな。

身体を起こそうとすると、ひどく頭痛がした。朧げな意識で、記憶を整理してみた。そんなに酔ったつもりはなかったが、気持ちが昂っていたせいで鈍感になっていたのかもしれない。それと妙な疲労感もある。

目の焦点が合ってくると、窓のところには藍さんが立っていて、カーテンを開けているのが見えた。と、目映いばかりに朝陽が部屋に射し込んできた。その光に、自分の頭の中のスクリーンがワイプするように場面が変わった。それをきっかけに思いだした。結局走るだけ走って、くたくたになって、ルリの部屋に倒れ込んでしまったということを。

「大丈夫?」

藍さんは、心配そうにわたしを覗き込んでいる。

「ええ、帰るつもりだったんですけど、なんか寝ちゃったみたいで」

わたしは誤魔化すように、そばのカムパネルラの頭を撫でた。藍さんはそんなわたしの様子をしばし見ていたが、

「昨夜はごめんね。なんか迷惑かけちゃったみたいで」

と、わたしのそばにしゃがみ込んだ。

「いえ、そんな。そんなことないです」

わたしは、慌てて身を起こした。藍さんはそれを制するようにして、「シャワーでも浴びたら。わたし、いま浴びてきたところだから」と微笑んだ。

あ、ええ、と曖昧な返事をしているうちに、藍さんは立ち上がって、キッチンのほうに戻っていった。それを見送ったあとも、しばらくわたしは呆然としていた。

目許を拭うと、涙に濡れた痕がまだ乾ききっていない。なんて顔見られたんだろう。誰だって、こんな顔を見たら憐れむしかないんじゃないの。そんなふうに考えると、いまの自分はいきなりこの世に投げだされた赤児のように、いっさい連続性のない気

分だ。

ぼんやりした頭で、昨夜のことを思い返した。自分でも思ってもいなかった動揺が、一夜明けて遠いところに感じる。あんなに動揺したけど、よくよく考えれば航太朗とはとっくに別れているわけだし、過剰な反応が滑稽なくらいだ。

それよりも、ルリだ。そう、それが問題なんだ。ルリに対する思いが、自分の中で変わり始めていることに気がついた。ルリに対する不信感がどんどん高まっている。それだけに、このまま藍さんと一緒にルリの捜索を続けていけるだろうかと、憂鬱な気分になった。

シャワーを浴びて部屋に戻ると、小さな机の上に二人分の朝食の準備ができていた。カムパネルラは玄関のゲージの中で、がつがつドライフードを食べていた。

「お米まだあったし、あとは簡単なものだけど」

藍さんは清々しい笑顔で言った。

「はあ」

わたしは一瞬にして力が抜けたように膝を折り、食卓に吸い込まれるように座り込んだ。

湯気の上がったご飯に目玉焼き、そしてお味噌汁。たしかに簡単なものだけど、手際よく目の前に並べられると感動してしまう。ご飯茶碗を持ち上げると、思わずご飯の香りを嗅いだ。まるでお母さんに準備してもらっているみたいだ。素直に、「いただきます」と言って、ご飯を頬張った。

美味しい！　単純にそう思った。こうやって、ご飯をよそってもらうと、男の人はそれだけで満足するに違いない。そこでわたしは、「お姉ちゃんは、きっといいお嫁さんになる人だろう」ってルリが言っていたことを伝えた。藍さんは「えっ？　ルリがそんなことを」と、意外そうな顔をした。

さらに、わたしはルリから聞いていた話を思いだす。

「藍さん、たしかもうすぐ結婚するんですよね？」

ああ、と藍さんの返事は予想外に歯切れが悪く、わたしのほうが戸惑ってしまう。さらに少々息を漏らすようにして、答えた。

「たしかに婚約してたんだけど……。でも、ダメになったんだ」

「えっ」

思わずわたしは箸を止めて、藍さんのほうを見た。

「そうなんですか」

一瞬沈黙が訪れ、わたしは慌てて、

「すみません、なんかいけないこと訊いちゃったみたいで」

と取り繕うしかなかった。

「いいのよ、気にしないで。お父さんが急にああいうことになったでしょ。そんなこともあって、彼とはいったん白紙に戻すことになったの」

藍さんは微笑むと、何事もなかったようにご飯を口元に運んだ。そんな様子を見ていると、かえってわたしのほうが箸を付けられなかったが、藍さんは変わらずご飯を食べ続けている。それで、わたしもまた箸を取ると、今度は藍さんが箸を休めて言った。

「ホントはね、タイミングがタイミングだったから、お父さんが亡くなる前になんとかウエディングドレス姿を見せたくて頑張ってたんだけど。自分じゃよくわかんないんだけど、なんだか途中からそのこと自体にムキになっちゃったみたいで、相手のことがどうでもいいとは言わないまでも、二の次みたいになっちゃったのかなあ？」

「はあ？」

どんどん話が違う方向に進んでいくようで、戸惑ってしまう。

「結局、結婚ってなんだろうね？」

「えっ？」

「人を愛するってどういうことなのかな？」

「…………」

「そう思ったようには、うまくいかないものなんだね」

次々と問いかけを繰りだしながら藍さんは遠くを見るようだった。それはわたしに対してというよりも、自分自身に問いかけていたのだろう。わたしも相槌を打っていいものかどうかわからないまま、曖昧な表情でいた。

藍さんはその様子に気がつくと、わたしのほうに向き直って、

「あら、ごめんなさい。なんかわたし、グチっちゃって。そんなことより、今日こそは、何か手がかりを摑まなきゃね」

と、無邪気に笑った。

ああ、わたしはその言葉に昨夜のことが蘇り、かえって気が重くなる。

「ねえ、ところで、金沢城の菱櫓《ひしやぐら》って復元された建物なんでしょ？」

そんなわたしの顔を見てか、畳みかけるように、話題は素早く移り変わっていく。

「え、ええ」

わたしは戸惑ったままに答える。

「釘を一本も使わない、匠の技がすごいって書いてあるよね。まず、そこ行ってから」

藍さんはご飯茶碗を置いて、何やら冊子を取り出してページを捲った。

「長町の武家屋敷跡もいいよね。土塀と石畳の通りが風情ありそう。忍者寺っていうのも隠し階段とかカラクリがあって面白そうね。それと、あ、そうそう、ひがし茶屋

街だ。これなんかまるで京都よね。この辺が〝小京都〟って言われるとこなんだね。ここには行っときたいな」

「あ、そのぉ、〝小京都〟って呼ばれることには、地元では少々抵抗感があるんですけど……あっ、それって、もしかして観光……？」

「そう、ガイドブック。せっかく金沢まで来たんだから、行けるところは行きたいからね」

わたしは呆気にとられてしまった。これをどう受け止めたらいいいんだろう。気持ちを誤魔化すためなのか、それとも天然な性格なんだろうか？　たしかに金沢に着いて早々に、ルリのことより桜が見たいなんて言っていたし。

でもこの際、そんなことはどうだっていい。そのペースに合わせていけば、少しは昨夜のことが和らぐような気もした。深刻にならず、ここは流れに乗ってみるのが得策かもしれないと思った。


今日はカムパネルラを預かってもらおうと、わたしたちは出かける前に、蛯原さんの縁側に顔を出した。

蛯原さんは縁側に座ってマンガ本を読んでいた。カムパネルラは蛯原さんに近づくと、自然に傍らに寝そべった。

「わしならかまわんよ。こいつを預かれるのはわしぐらいだろうから」

蛯原さんはそう言って、カムパネルラの頭を撫でた。カムパネルラはこっちが悔しくなるほど気持ちよさそうに身体を捩った。その現金さにちょっと呆れながらも出発しようとした。

「ところで、ふっと思いだしたんだがな」

呼び止める声にわたしたちが振り返ると、

「知っとるかな？『銀河鉄道の夜』という小説は、実は未完成の作品だってこと」

と、わたしたちを試すようにじっと見た。

「えっ？」

わたしは一瞬、藍さんと顔を見合わせたが、すぐに思いだして答えた。

「ああ、そういえば、そんなふうなこと読んだことあります」

「ルリちゃんは、あの小説が未完成であることにえらく興味を持っていたようだ」

「どういうことなんですか？」

わたしは、新たな疑問に眉を顰《ひそ》めた。

「ルリちゃんも、あんたみたいに最初は信じられなかったみたいだがな」

蛯原さんはそう言うと軽く頷いて、説明し始めた。

「しかし実際に、『銀河鉄道の夜』の現存する原稿は八十三枚で、それは書き直しを繰り返して、四次稿まであることがわかっている」

「えっ、そうなんですか？」

わたしは、単純に驚いた。

「うん、本当じゃ」

蛯原さんは、わたしのほうに身を乗りだすようにすると、なぜか声を潜めた。

「しかも、一応の最終形と言われている四次稿も原稿が抜けていたりするるし、そもそも原稿に通し番号が振られていないせいで、本当の完成形では存在してないんじゃ」

「完成していない……？　でも、名作って言われて、誰も疑わないほどなのに」

わたしの疑問はさらに深まっていった。

「それでも素晴らしい内容だということじゃな。でも編者によっては、それらの原稿から完成形を想像し、つなぎ合わせているため、中身が違っていたりする。その違った原稿を読んでみると、同じ小説なのに、また違った印象がするのも確かじゃ。さらに言うと、三次稿までは出ていたのに、四次稿では削除された人物もいたりする」

「ホントですか⁉」

わたしは思わず驚きの声を上げ、次々と現れる新事実に引き込まれていった。

「うん、ジョバンニに人生の大切さを教える人だ。ブルカニロ博士っていうんじゃ」

「ブルカニロ……博士？」

わたしは聞き覚えのない名前に驚き、思わず考え込んだ。

「ジョバンニの夢は、実は博士の実験だったことになっていたんじゃ。銀河鉄道の旅の途中、セロのような声として、ジョバンニを導いていくんじゃ」

「たしかに、そうだとしたら、小説としてわかりやすいかも」

わたしは、はたと思い当たると、蛯原さんに疑問をぶつけてみた。

「じゃあ、もしかすると、ルリはそんなふうに違うパターンの原稿を集めてたのかな？」

蛯原さんも、「そうかもしれんな。パズルみたいにな」と、その考えに頷いていた。

じゃあ、そのパズルはいまどうなったのだろう？　ちゃんとピースが揃って完成したのだろうか？　思案して並べ替え、嵌め込んだ先にいったい何を思い描いていたのだろう？　いまわたしたちも、パズルみたいにルリの姿を見つけようとして、嵌め合わせているのかもしれない。凹面と凸面が組み合わさって、また新たな凹凸が生みだされる。いったいどれだけピースが揃えば、それをルリの姿だと判別できるのか。その全体像が見えなくなっている。意外にも身近だったはずのルリの姿が、わたしにはどんどん見えなくなっている。ルリ、あなたはいったい何を考えて、どこに行ってしまったの？　なんでわたしには一言も言ってくれなかったの？

「かわいい〜」

藍さんは、足が二股になった徽軫灯籠《ことじとうろう》を見て予想外の反応を示した。

「琴の糸を支える琴柱《ことじ》に似ているから、ことじ灯籠か。そういうところも風情あるよね」

徽軫灯籠の傍らにはモミジの古木が寄り添い、手前に虹橋と呼ばれる石橋が架かっている。その向こうには大きく池が広がり、回遊式庭園と言われる、これぞ兼六園という画だ。

観光ガイドブックに必ず出てくるポイントを目の当たりにして、藍さんはたいそう感激しているようだったが、わたしはそれを少々冷めた目で見ていた。しかし藍さんはたびたび振り返り、催促するようにわたしが首から提げているカメラに視線を向けてきた。わたしは仕方なくそれに従うしかない。はい、チ〜ズって、そんな気分じゃないのに。

それで、少々の悪戯心から、「瑠璃」を取り出してレンズの前に翳してみる。たちまち画面はぐにゃりと歪み、藍さんはジャコメッティの彫刻みたいに針金を引き延ばしたような人型になった。はい、もう一枚。わたしはその歪んだ像に向けてシャッターを切る。

さすがに桜の開花した兼六園は、観光客を中心に人出が多かった。園内の通路を回って、庭園内で見る桜はまた違った風情があった。年季の入った枝垂れ桜や、湖面に反射する桜もまた一興だ。

藍さんはそれらにいちいち感動して、写真の催促をするのだ。はい、チ～ズって。

わたしはそのたびにレンズの前に「瑠璃」を装着し、歪んだ画像を撮影していく。

そんなことなど露知らず藍さんはいたくご満悦な様子で、撮影のあとは園内のマップを食い入るようにチェックして、次のポイントを目指していた。そうやって園内を隈なく見ようと思ったら相当な距離を歩くことになるのだが、好奇心の赴くまま足取りは軽やかそのもので、藍さんは至って元気だ。どうやらよく眠れたのだろう。

兼六園を出て、屋台や茶屋を抜けると、橋の向こうに金沢城の石川門が見えてくる。多くの人が桜と石川門をバックに記念写真を撮っている。そんな人たちの脇を擦り抜け、藍さんはずんずん進んでいく。

橋の下は車が走っているけれど、もともとそこは百間堀というお堀だったところだ。

藍さんは、橋の途中で一度立ち止まって、欄干から、眼下の道路を覗き込んだ。車がひっきりなしに走っていく。

「貧困時代の泉鏡花は、この堀端に佇んで身を投げようかと思案したそうね」

藍さんがまたまた意外な蘊蓄を披露した。「えっ」と、思わずわたしは驚いた。

たしかに、江戸時代にはここに水が張られていたかと思うと、不思議な感じがする。

でも、不自然なのは現在のほうで、かつて金沢城は、「惣構堀《そうがまえぼり》」と呼ばれる東西二重の堀が取り囲む構造になっていたらしい。犀川上流から取水され、辰巳用水を通って堀に引き入れられていた。その経路は、小立野台地を江戸時代に人力で掘られた長いトンネルの中を通過して、兼六園の庭園に流れ込み、金沢城へと至るという、全長11キロもの工程だ。それが再び、城下町を毛細血管のように流れだしていき、金沢市役所の前を水路として流れている。そんなふうに金沢には55もの用水があり、その外側に浅野川と犀川という大きな川があるということは、水の豊かさもさることながら、これは、かなり堅固な守りの城だったに違いない。金沢は戦時中空襲を受けていないので、金沢城を中心とした江戸時代の町割りが残っているのだ。

藍さんは石川門の前に立つと、門の大きさやそこに使われている梁の木材の太さに感嘆の声を上げていた。わたしは、まだ頭がはっきりせず、黙ってその後ろをついていくのが精一杯だった。好奇心旺盛というか、無邪気というか……と思っているとまた写真の催促だ。はい、チ～ズって。これじゃ、まだまだ先が思いやられそうだ。

わたしの下手なナビのせいで、曲がりくねった細い路地に迷い込んだ。立派な石塀の家や古い木造の佇まいの家が、道の両側から迫りだすように軒を連ねている。金沢城公園をひとしきり歩いたあと、わたしたちはひがし茶屋街に向かっていた。

って道を探す。
「あれ。すみません。こっちのはずが」
案内した道は、予期せずとあるお寺へと出てしまった。わたしは、小走りに先を行
「いいよ、そんな焦らないで」
藍さんは宥めるように言うが、わたしにとっては、地元民がなんという失態だとい
う思いだ。すっかり知り尽くしていると思い込んでいるものほど、実は何も知らない
のかもしれない。この先の路地を曲がればあると思っていたものがない、その落胆で、
わたしは現実を思い知らされる。
ルリとも、いつも一緒に歩いてきたと思っていたのに、先を行くルリが曲がった角
を追いかけて曲がってみても、その先にルリはいないのだ。目的地に着きそうで着か
ない。迷路が続くだけだ。
金沢の郊外にある河北潟《かほくがた》の干拓地に三十万本もの向日葵が咲き誇る畑があり、夏場
にはその向日葵畑に巨大な迷路が造られる。ルリと二人でそこに遊びに行ったときの
ことを思いだす。太陽が容赦なく照りつける下、ゴッホが描くような黄色のタッチが
溢れださんばかりに群生する向日葵があった。
その中を、夏休みで遊びに来ている子どもたちにまじって、わたしたちも向日葵の
間を縫ってそれぞれにゴールを目指した。どちらが先に辿り着くか、競争だ。ルリは、

後先考えずに直感的に進路を選んで、どんどん先に進んでいく。いちいち曲がり角で躊躇するわたしとは対照的だ。照りつける太陽と黄色い花が眩しい。立ち止まるたびに汗が滴り落ち、花の香りにむせかえるようだった。

ようやく、石畳が綺麗に敷き詰められたひがし茶屋街に出た。歴史ある木造の町並みが街路の両側に連なり、軒下に出格子が整然と続いている。その端正な佇まいは、日本美の粋を感じさせる。通りには観光客が溢れていて、町並みを好奇の目で見る外国人グループの姿もあった。それぞれの店舗の入り口にかけられた、さまざまな色の暖簾《のれん》がいいアクセントになっている。

すっかり歩き疲れたわたしたちは、その中の一軒のお茶屋さんに入った。江戸時代から続く由緒ある建物は、茶屋の雰囲気をそのままに保存したものだ。昔ならではの段差のある急階段を上っていくと二階まで吹き抜けになっていて、芸妓さんの支度部屋があったり、芸を披露する朱色壁の部屋などが当時の面影を残して展示されたりしている。

また、一階の入り口脇の部屋は、展示スペースにもなっていて、沈金の器や容器の黒い漆地の上に施された金の象眼の鮮やかさに思わず目を奪われる。奥に入っていくと、建物は中庭を取り囲む構造になっている。その小さな庭には四季を感じさせるモミジなどが慎ましやかに配置されて、風情がある。落ち着いた雰囲気に包まれ、中庭を眺めながらお抹茶をいただいた。

「これでやっと、眠気も醒めるようね」

たしかに抹茶の苦みが、アルコールで麻痺した胃袋に沁みわたっていくような気がした。それと、もやもやとした心の中にも。一息つくとまた、昨夜の出来事が蘇ってくるようだ。自分の気持ちを制御できないもどかしさがそこにはある。だけど、この歴史ある建物が、おろおろする自分の愚かさを少し醒めた感じで見下ろしているようで、冷静になれた。

お茶を出してくれた和服の中年女性が、興味津々で質問する藍さんに東山のことをいろいろと話してくれた。わたしも新鮮な気分で話に聞き入っていた。その中の一つ、浅野川が女川だというフレーズに、藍さんは特に惹かれたようで、「女川、いい響きね」と思わず感嘆の声を上げていた。

そのとき初めて気づいたように、その女性の着物を藍さんは見た。薄いピンク色の地に花模様が鮮やかに描かれていた。改めて身を乗りだすようにして「それ、加賀友禅ですか?」と確認し、「綺麗!」とさらに感動の声を上げた。

「なるほど、女川ねえ」

実際に梅ノ橋の上から浅野川を眺めて、藍さんが先ほどの言葉をしみじみと繰り返した。梅ノ橋は実は鉄製の橋だが、欄干や橋桁の表面を木材で覆い、木橋の面影を再現した、観光写真にもよく出てくる橋だ。

「あっちの浅野川大橋の辺りには、鮎も泳いでいるんですよ」

藍さんは向きを変え、欄干から身を乗りだすようにして、遠くを眺めた。

「へえ、そういえば鴨みたいな水鳥も見えるね」

泉鏡花が生まれ育ったこの浅野川界隈には、彼の幻想的な作風同様に、しっとりとした風情があると言われる。上流の医王山まで見渡せて、開放感のある犀川とは明らかに違う静かな流れで、緩やかに曲がりくねっているために遠くまで見渡せないというところに、奥ゆかしさと妖しさがあるような気がする。

いまはほとんど見られなくなったが、友禅流しはこんな浅野川にこそマッチしていると言えるかもしれない。温かい色合いで描かれた草や花の模様の長い生地を川の流れにさらすことで、図柄の輪郭線を描いた糊や余分な染料を洗い流すのだ。さっきのお茶屋さんの女性も言っていたが、加賀友禅は京都の宮崎友禅斎によって伝えられたと言われている。六月には、加賀友禅の灯籠流しの催しがあり、友禅模様が描かれた灯籠がたくさん流される。川沿いには篝火が焚かれ、観る者を幽玄の世界へと誘ってくれる。友禅と川のつながりに感謝し、加賀友禅のさらなる繁栄を願って行われるものだ。またそこには、加賀友禅に携わってきた故人の霊を慰める意味も含まれているそうだ。

わたしは、浅野川沿いの、もう少し上った辺りに住んでいる。偶然かもしれないけど、ルリは犀川側だし、そういう意味からも男川のルリと女川のわたしは対照的な位置にいるような気がする。現実にわたしたち二人も、男役のルリと女役のわたしだったのかもしれない。ルリは見た目は女の子らしく可愛いけど、わたしのことをぐいぐい引っ張ってくれる行動力があった。だからわたしはルリに頼りきっていたのかもしれない。

橋を渡っていくと、ルリと一緒にここを渡ったことを思いだした。

「ここには、七つ橋渡りっていう風習があるんですよ」

わたしは、藍さんのほうに向き直って言った。

「七つ橋渡り?」

藍さんは、不思議そうな顔をした。

「そうなんです」

わたしは、その独特な風習をちょっと得意げに話した。春、秋の彼岸や、大晦日の深夜に、七つの橋を渡れば願いが成就するとされているのだ。

実は、その話を聞いたわたしとルリは、七つ橋渡りに挑戦したことがあった。

梅ノ橋から始まり、浅野川大橋、中の橋、小橋、彦三大橋、昌永橋、中島大橋と七つの橋を渡るとき、数珠を手に合掌し、「渡らせていただきます」と心の中で唱えながら歩を進める。渡るのはどういうわけか大半が女性だそうだ。そういえば、お百度参りっていうのも女性ってイメージがあるけど、共通した何かがあるのかもしれない。

これには約束事があって、歩いている最中は無言であること、決して後ろを振り向かないことと言われている。でも、人は禁止されるとかえって意識過剰になり、妙に緊張してしまうものだ。喋るなって言われれば言われるほど、喋りたくてしょうがなくなる。

あの我慢強いルリでさえ、途中でギブアップするように声を上げて立ち止まったほどだ。

「ダメだね、なんだかだんだん怖くなっちゃって」と誤魔化すように微笑んでいたけど、かなり息は乱れていた。そんなふうに、怖いって言うルリの気持ちがよくわからなくて、わたしは黙っていたけど、感受性豊かなルリだけに、深いところで何かを感じ取っていたのかもしれない。

たしかに浅野川自体、厳かな雰囲気があるわけだけど。たしか、古くから川は彼岸と此岸、つまりあの世とこの世を隔てるものだと聞いたことがある。そんなところから橋を渡るという行為に特別な意味を持たされて、七つ橋渡りが始まったのかもしれない。もしかすると、ルリは神秘的な何かを感じていたのかな。

「あっちの山が、工芸工房のある卯辰山《うたつやま》です」

わたしは話題を変えるように振り返って、背後の小高い山を指した。藍さんもその方向を見上げ、「へえ、そうなの。行ってみたいわ」と素直に言った。

「じゃあ、行ってみますか」

もやもやとした気分を振り払うべく陽気に応えた。

金沢という町は、兼六園のある小立野台地を挟むように浅野川と犀川という二つの川が流れ、その両翼に卯辰山丘陵、寺町台地があるという起伏に富んだ独特な地形をしている。今度はその一方の翼に登ることになるわけだ。

浅野川沿いのコインパーキングから車を出し、遠回りにはなるが浅野川大橋を橋場町のほうへ渡り、回り込むように左折して路地を通り抜けると、再び浅野川に出る。梅ノ橋より一つ上流の、鉄製の円形のアーチがかかった天神橋だ。ここから卯辰山に登る坂道が始まる。

道はかなり急なジグザグ道で、途中、ステーキハウスや日本料理店などが建っている箇所を通過しながら、頂を目指して登っている。道の両側からは緑のモミジの葉が覆い被さっていて、秋にはここが紅いトンネルになる。

坂を登りきると車外の眺望も開けて、藍さんも止まって眺めたいと言うので、頂上にある卯辰山公園で車を停めて、展望台に立った。

晴れ渡った空の下、眼下に金沢の町並みが広がっていた。浅野川沿いの昔ながらの黒い瓦屋根がミニチュアのようにびっしりと犇《ひし》めき合っている中に、ところどころ背の高いビルがにゅっと頭を出しているさまが、ずっと港のほうまで見渡せる。今日はうっすらとガスがかかっているためにその境界が曖昧だが、奥には確かに日本海が見える。

ルリともよくここに来たものだ。ベンチに座って、二人、ここで話し込んだ。深刻な話やくだらないことまで、いろいろなことを。

そう考えれば考えるほど、いろいろな場面を思いだせば思いだすほど、わたしにはルリの心がわからなくなっていた。あなたはいま、何を考え、どこにいるの？　わたしに黙ったまま航太朗と付き合っていたなんて、どうしても信じられないし、信じたくない。胸が締めつけられる。そのうそを、わたしはどう受け止めたらいいの？　そんな言葉が堂々巡りする。それでもわたしは、こうして何もせずにあなたを待っているしかないの？

「お願いがあるの」

じっと景色を見ていた藍さんが、急に言った。

「はい」

わたしは、改まって返事した。

「やっぱり、昨日のあの彫刻やってる航太朗っていう人のところに行きたいの」

ドキッとした。恐れていた言葉だった。そんな気はしていた。藍さんも、航太朗のことが引っかかっていたのだ。わたしとのことも、ついに話さなければいけないだろうか。

「っていうか、工芸工房はいいんですか?」

わたしは精一杯の抵抗を試みるが、藍さんはちょっと思案したものの、「うん、それより、気になるのよ」と言った。

藍さんの目は、すでに何かを見定めているようだった。

「でも大丈夫ですか?　昨日あんなだったのに」

わたしは何かに縋るように牽制してみる。

「やっぱり、あの人が何か知ってるような気がするの」

藍さんはもう迷いなく、はっきりと答えた。

その揺るぎのない声に、かえってわたしのほうが落ち着きをなくして必死に言葉を探した。

「彼がちゃんと答えてくれればいいんですけど、また、感情的になると話にもならないし……」

藍さんは必死になるわたしを不思議そうに見て、「なんとか、冷静に対応するから」と、今度はわたしを説得するように言った。

もはや手遅れだった。できれば諦めてほしいと思っていたが、藍さんの決意は固かった。

わたしは、それ以上言葉をなくして黙り込んでしまった。それを見て藍さんは微笑んで言った。

「第一、あなたがいるから、なんとかなると思う」

その妙な信頼がかえって重くのしかかる。わたしは引き攣った笑顔で、小さく頷くだけだった。

これは、覚悟するしかない。

Ⅲ

大野に向かう車中、往生際の悪いわたしは、なんとか藍さんが思い留まってくれないかとばかり考えていた。信号待ちになったときには、チラチラ様子を窺ったりした。

しかし、藍さんもそれなりに航太朗に相対する準備をしているのか、ずっと考え込んでいるようで、一言も発しなかった。

そうこうしているうちに煙突の見える路地に入り、車は航太朗の工房の前に着いた。この前停まっていたミニバイクはなかった。

躊躇して、もたもたするわたしを尻目に藍さんが扉の前に立ち、鉄の輪のノッカーを叩いた。でも、返事はない。苛つくように藍さんがもう一度ノッカーを叩く。それでも返事はなかった。藍さんは一瞬わたしと顔を見合わせたが、すぐにその引き戸に手をかけた。

鍵はかかっていなかった。力を込めたぶん、戸は勢いよく開いたが、中に航太朗の姿は見えない。

昨日のまま、工房の真ん中に石の彫刻が立っているだけだ。中は蛍光灯が点いておらず、薄暗い部屋を照らすのは明かり取りの小窓と開けられた入り口からの光だけだった。

わたしたちは工房の中をぐるっと見回したが、やはり人の気配はなく、不在のようだ。それでも見落としがないかと、工房の中に足を踏み入れた。わたしと藍さんは左右に分かれて中を見渡した。

「やっぱりいないか」と諦めかけたとき、藍さんが「これ」と声を上げる。何かに気がついたようだ。わたしが石の彫刻の前に立つ藍さんに近づくと、その異変が目に飛び込んできた。

彫刻の足許には、昨日はなかった砕けた石片が散らばっていた。目を上げると彫刻のちょうど中央部に乱暴に彫り込まれた大きな窪みがあった。それは、その作品を完成に向けて方向転換したというより、滅茶苦茶にしたというほうが正しいと思えた。

「何かあったのかしら？」

藍さんは、窪みをまじまじと見ていた。わたしは、何も言えず黙りこくった。きっとそれは、力一杯、石に向かって鑿が振るわれた痕跡に違いない。何も考えず、感情の赴くまま打ちつけたのだろう。

それでいったい何が晴らされたのだろう？　それとも、何が晴らされなかったのだろう？　前にこんな光景をどこかで見たような気がしたが、すぐには思いだせなかった。ただ不気味な気配が辺りに漂っていた。

「なんだか怖いような気がする」

藍さんの言葉はもっともだと思った。薄暗い工房の中に立っている自分たちが、闇に飲み込まれるように急に心細くなった。

とにかく明るいほうへと、その場を離れることにした。そのとき、間仕切りの向こうのテーブル上に、スマホが置かれたままになっているのが遠目に見えた。すぐ近くに出かけたのだろうか。それが、妙に気にかかった。

結局、また内灘砂丘に降り立った。

「やっぱり海はいいね。落ち着くっていうか、飽きない」

伸びをする藍さんは、初めて素の表情を見せてくれたような気がして、わたしは思わず微笑んだ。

わたしは航太朗に会わずに済んだことにほっとした半面、今度はさっき見た彫刻の窪みが気になりざわざわとした想いに心を占領されていた。なぜかはわからないけれど、得体の知れない不安が押し寄せてくるのだ。

藍さんはしゃがみ込んで、両手で砂を掬っていた。盛り上がった砂の塊は、指の間からサラサラと落ちていく。みるみる砂の量は減っていき、全て落ちてしまう。すると、また掬い上げて同じことを繰り返す。その表情は、とても嬉しそうだ。

ルリとは性格が全然違うと思っていたけど、この人も実は、無邪気な人なのかもしれない。そう思うと急に、わたしの知らないルリのことを聞きたくなってきた。

「この前言ってましたけど、ルリも、ずっと砂丘を恐れていたわけじゃないんですよね？　小さいときなんかはむしろ好きで、砂の上ではしゃいでたんですよね？」

「えっ」

藍さんは驚きを隠さずにわたしを見た。

「それって、ルリがそう言ったの？」

「ええ」

わたしは、戸惑ったまま答えた。

「ううん、そんなはずない。砂丘には、彼と行ったのが最初だったはずよ」

「でも、ルリは……」

わたしは、思わず口ごもってしまったが、必死に記憶を辿りながら答えた。

「子どものころ、家族旅行で鳥取砂丘に行ったって。家族で撮った写真もあるって」

「わからない。なんでそんなことを言ったのかしら？」

藍さんの答えは冷徹にさえ聞こえた。それでもわたしは、それを振りきるように続けた。

「それは大変なはしゃぎようで。砂の上を駆けたり、転げたりで。幼かったけど、よく覚えているって」

喋り続ける間も、藍さんの不思議そうな表情は変わらなかった。

急に歯車が狂いだしたような不安が頭を擡《もた》げた。そういえばルリに見せてもらった写真は、彼との旅行のときのものだけだった。幼いころの写真を見せてもらったわけではない。ルリの記憶は、そうであればと願う心によって、いつしか自分自身で創りあげてしまったものではないだろうか。その何か、その何かはやっぱりお父さんのせいなのだろうか？

叶わないものを願望で満たして見えなくしてしまうような行為。でも昨日、お父さんは本当はルリのこと応援していたって、藍さんは言っていた。どうもルリの言っていることと、藍さんの言うことはことごとく食い違っている。

「でもルリは、お爺ちゃん子だったんですよね？」

わたしはもう一度確かめるように藍さんに尋ねる。

「それは、たしかにそうだったけど」

藍さんは相変わらず腑に落ちないって顔をしていた。わたしは何気なく、「やっぱり名付け親ってこともあったからかな」と漏らした。

「えっ？　そうじゃない。ルリの名前を付けたのは、お父さんよ。それって、ルリが言ってたの？」

藍さんは驚いて、わたしのほうを覗き込んだ。

わたしはその様子にちょっとたじろいで、「ええ、わたしはそういうふうに聞いてましたけど」と答えるしかなかった。

藍さんは、ちょっと首を横に振るようにして考え込んだ。

「それって、なんだか自分でそう思い込もうとしてるみたい」

「じゃあ、やっぱり実際はそうじゃなかったんだ」

　今度はわたしが考え込む番だった。なんだかわたしが見てきたルリの像が少しずつズレてきて、朧に霞んでいくような気がする。わたしはいったいルリの何を見てきたのだろう。

「お父さんは、あんまりそんなこと話したがらないから、よくわからなかったんだけど、あるときお母さんに訊いたことがあったんだ。

　お母さんが言うには、たしかにお爺ちゃんは、孫のためにはりきって名前を用意していたんだけど、区役所に届けに行ったお父さんは、その場で思いついた名前を付けちゃったの。お爺ちゃんの考えたのと違う名前を」

「その場で別の名前を？　ホントですか？　大胆ですね」

　藍さんは小さく頷いて答えた。

「ルリの出産が難産だったこともあって、待ち焦がれた挙げ句、連絡を受けたお父さんは、病院に駆けつける途中で、お母さんを励ますために何かを持っていこうと考えたらしいの。

　町の宝石店の前を通りかかったとき、偶然、ショーウインドウに目を引かれるものがあったんですって」

「宝石店で？」

「それが、ラピスラズリでできた、しずく型のピアスだったの」

「ラピスラズリ？」

　藍さんはまた小さく頷いてわたしを見た。

「つまり、瑠璃ね」

「あ、瑠璃色の、瑠璃のほうですか」

　わたしは、意表をつかれて思わず声を上げ、深い青色に金を鏤めた独特な模様を持ったラピスラズリの原石を思い浮かべた。

「だけど、なんでそれを？」

「それは十二月の誕生石なの」

「えっ？　ルリの誕生日はたしか七月じゃ」

「ええ、そう。それは、お母さんの誕生月なのよ」

「えっ？」

　わたしは、ただ驚くばかりだった。

「だからね、これは、推測になってしまうけど。ルリはそんなふうにお父さんの愛情を向けられたのが、自分じゃなくてお母さんだったということと、またそれが、ロマンチックな話だったたってことに嫉妬してたんじゃないかって思うの」

　予想もつかなかったストーリーにわたしは、それこそおとぎ話でも聞いているような心地だった。まさかそんなことがルリの原点だったなんて。

たしかルリは言っていた。わたしに「瑠璃」をくれたとき、「〝ミライ〟は、すでにここに映し出されている」って。「その〝ミライ〟って、どんな〝ミライ〟なの」って、わたしは訊いたけれど、ルリは笑うだけで何も言わなかった。

もしかしてその意味は、お父さんがお母さんに贈ったという「瑠璃」に、いまの自分があるってことに反発しつつも、瑠璃の輝きに喜びや憧れを持って、運命を生きていくってことなのかな？

そんなことを考えているうちに、ふと、思いだすものがあった。さっきの崩れた石の彫刻。もちろん同じものじゃないけど、どこかで見たような気がしながら、なかなか思い出せなかった。

あれはたしか小学生のころに美術の教科書で発見して、子供心にも鮮烈に印象に残っていたものだ。教科書なので、あまり大きな写真ではなかったはずだが、わたしはサイズを超えたインパクトを受けた。その後自分は美大生になり、そのころのことを懐かしむように、図書室にあった大判の画集で実際に絵を確認したものだ。

古代メソポタミアのバビロンにあったと言われる、伝説のバベルの塔の絵。作者は中世フランドルの画家ピーテル・ブリューゲル。創世記にあるバベルの塔の物語が再現された絵だ。

やや俯瞰するような位置から、隣接する港に繋留される何艘もの船とともに近景に捉えられたリアルなバベルの塔。ジッグラトという階段状の建造物だと言われるが、画面のほとんどを占める、ローマのコロッセウムを思わせるその存在感は圧倒的で、観る者を威圧する。それは、実に細部に亘って描き込まれていて、一つひとつの事物を目で追っていくだけでも楽しくて飽きることはない。

まず円筒状に天に向かって聳える力強い塔の骨格。しかし、頂に至る部分は未完成で、足場や壁にへばり付くように作業する労働者たちが豆粒のように数多く描かれている。いちばんの近景には、現場を視察するニムロド王の一行の姿があり、その足許に石工の親方たちが跪いている。建設の遅れを叱責されている様子だと言われている。それが建設中にも拘わらず、物語の行く末を知るものにとっては、この壮大なる事業ゆえに、それが崩壊への徒花のようにも見えるのだ。

すなわち、一つの言語を話す人々が、天にも届かんばかりの塔を建てようとするものの、その奢りを、神が打ち砕く。その後、人々の言語はバラバラとなり、住む場所も各地へと散っていくという結末。

未完成のバベルの塔、未完成の『銀河鉄道の夜』。偶然なのかわたしとルリは、未完成のものに導かれるように惹かれていた。なぜだろう？

未完成ということは、文字どおり未だ完成していないということで、それはまだ、どうにか変わる余地が残されているということだとも言える。たしかに占いなんかでもよく言う。「人それぞれに宿命というものはあるけど、その人の運命は努力次第で変わるんだ」って。そこから努力すれば、その未来は変わる可能性があるということだ。ルリ自身が、完全にやり遂げないと気がすまない性格だからこそ、未完成のものに強く惹かれていたのだろうか？　わたしはどうだろうか？

そこで、宿命と運命に翻弄されるルリの姿が浮かびあがってくる。

ふいに携帯が鳴った。誰からかと思えば、エディだった。

「元気ィー？」

相変わらず、軽いノリだ。っていうか、この場合明らかに場違いなノリとしか思えない。こちらの状況がわからないからと言ってしまえばそれまでだが、なんせＤＪのくせに空気が読めていない。

「なんなの？　取り込み中なんだけど」

「取り込み中って？　またまた、そんなもったいぶったこと言って。それより、いま、どこ？」

わたしは面倒くさくてぞんざいに答えたが、全然意に介した様子はない。

「内灘だけど」

わたしは仕方なく答えた。

「よかったあ、ちょうど近く走ってるんだ。ちょっと待っててよ。すぐ行くから！」

声のテンションはさらに上がっている。

「あっ、ルリのお姉さんも……」と言いかけたところで、電話は切れた。何がちょうどよかっただ。そんな都合よく近くを走っているわけなんてない。エディは人畜無害だからいいようなものの、これじゃあ、まかり間違えばストーカーだ。まったく、相変わらず……だが、これはちょっと面倒なことになるかも、と思い直していると、

「誰なの？」と藍さんは、新たなる人物の出現に興味をそそられているようだ。この組み合わせはたしかに面倒かもしれない。

「ルリを、ものすごく愛してるヤツです」

わたしもヤケになって答える。

「えっ？」

藍さんは複雑な表情をした。

「あくまでも、一方的にですけど」

わたしは答えながら、このうえさらにややこしい話にならなければいいけれど、と案じた。

しばらくして、エディのミニクーパーが砂浜の入り口に入ってくるのが見えた。

あいつ、ホントに近くにいたんだと驚いていると、車から降りたその姿は、さらに

呆れるような風体だった。この季節にアンバランスとしか思えないパナマ帽を被り、胸元にはシルバーアクセサリーをじゃらつかせ、アロハシャツを着たエディが弾むように駆けてきたのだ。手にはビーチボールまで抱えて。

「何それ？」

わたしは、思わず唖然とした。

「砂浜にビーチボール。必須でしょ。第一、楽しいじゃない」

エディはまったく悪びれる様子もない。それどころか、さっそく藍さんに目配せして「そっちの彼女は……？」と興味津々の態だ。

わたしは呆れて、「ルリのお姉さんよ」と、無愛想に答えた。

「なんと！　お姉さんでしたか。ああ、なんて幸運。会いたかったです、マジラッキー！」

エディは照れ隠しなのか突然大袈裟に驚き、藍さんに両手で握手を求めた。藍さんは、半信半疑でそれに応えた。恐れてはいたが、よくあんなことがすらすら口をついて出てくるものだと感心してしまう。ラップなんかより、よっぽどスムーズだ。

「もしかして、あなたなの、ルリを一方的に愛してる人って？」

ああ、なんと、藍さんも遠慮のない人だ。こりゃあ、いい勝負だ。

「はは」

さすがのエディも薄笑いを浮かべて、顔色が変わった。

「誰がそんなこと言ったのかな?」

言いながらわたしのほうを見るが、無視だ。

「そうそう、愛してますよ。一方的ってのは、余計だけど」

エディも必死に虚勢を張っている。

「なのに、あなた、ルリがどこに行ったか知らないの?」

藍さんはさらに追及の手を弛めない。

「ああ、そうなんですってね。ホント、ルリ、どこ行っちゃったんでしょうかね?」

聞いていて、ちょっと痛々しくすら感じる。

「それで愛してるなんて言えるの?」

ついにとどめの言葉が放たれた。

「はは、お姉さん、なかなかきついですね」

ついにエディも誤魔化しきれずに笑顔が引き攣っている。すると、妙な間に我慢しきれなくなったのか、「まあ厳しいこと抜きで」と、突然手に持ったビーチボールを藍さんの頭上にトスした。

えっ、と戸惑いながらも、藍さんはそのビーチボールを両手でトスした。するとそのボールはどう見てもわたしが対応すべきエリアに舞い上がった。なんで、と言いながら、今度はわたしがレシーブした。

「おっ、みんなうまいじゃない」

エディ一人が嬉しそうに、ボールをまた藍さんに弾き返した。藍さんも仕方なくわたしに返してくる。必然的に同じ順番でボールが回ってくることになる。いったいいつまで続けるつもりなんだと思いながらエディに返すと、ボールを弾きながらエディが言った。

「昨日、あのあと、航太朗と飲んだんだ」

「昨日、あのあとって？」

藍さんが弾く。

「藍さんが寝たあと、ちょっと」

思わず体勢を崩しながら、わたしが弾く。

「あいつまでライバルだったとはな」

エディがまた弾く。

「ライバル？」

藍さんは、訳もわからずとまどっている。

「航太朗、何か隠してるでしょ？」

わたしは焦って話題を変えた。

「どうだろな？」

「ねえ、何？」

藍さんも必死に話に入ろうとしてくる。

「でも、俺はルリともっと先行ってるから」

「えっ？」

「先？」

「そう、なんて言うか、もっと精神性の高いところで共鳴してるっていうのかな」

「何それ？」

「昨日のラップだよ」

「ラップ？」

藍さんは慌てるあまり、ボールを大きく逸らす。

「ああ、そういえば、あれ何？」

わたしは必死に追いつく。

「あれ、ルリとの共作なんだ」

とエディ。

「共作？」

また、藍さんが球筋を逸らす。

「ルリが作ったの？」

わたしが必死にカバー。

「っていうか、ヒントをもらったんだ。言葉のね」

また軽快にエディ。

「だから、何よ、ラップって？」

今度は藍さんが、割って入るためにか滞空時間の長い球をトスした。

「ルリノムコウだって言うんでしょ」

わたしは、放物線を描いて落ちてくるボールを見上げたまま言った。

「えっ？　そうそう、よくわかるね」

「よくわかるも何もないわよ！　みんなでコソコソ内緒にして」

わたしは腹立ちまぎれに、エディに向かってボールを思いきりアタックした。エディはついにボールを受けられず、砂浜に突っ伏した。

「コソコソってなんのことだよ」

口に入った砂を吐き出しながら、エディが不満そうな声を上げた。

グループ展にラップの共作？　わたしは思わず考え込んでしまったが、藍さんもまた、一人蚊帳の外でいることが不満でならないといった表情をしていた。

わたしはエディに向き直ると、

「ねえ、お願い。わたしちょっと調べたいことがあるから、藍さんを送ってほしいの」

と頼んだ。「えっ」と戸惑いを隠せないエディだが、「そりゃ、喜んで送るけど」と言いながらも不満げで、「それより、なんだよ、調べるって？」と尋ねた。わたしはそれには答えず、「すみません。そういうことなんで、とりあえず彼が送っていきますから。とにかく、あとで合流しましょう」と藍さんに言い、エディには片町の居酒屋の名前を告げた。「ちょっと待ってよ」という藍さんの縋るような言葉を振り切って、わたしは自分の車に急いで向かった。

行き先はもちろん、航太朗のアトリエだった。

突き止めたいのは、ルリの考えだ。どうしても、それを確かめたい。

わたしはミニバイクが停まっていないことを確認して、恐る恐る木戸を開けて中に入っていった。目指すのは間仕切りの向こうの作業テーブルの上。そこに置かれたままのスマホ。わたしは椅子に座り込み、画面をタップした。航太朗なら、いちいちロックなんかかけてないはずだと思っていた。

案の定、スリープになっていた画面が、すぐに立ち上がった。もしここで航太朗が戻ってきたらどんな申し開きをすればいいのだろうかと、頭の片隅で思いながらも、この流れを止めることができない。

わたしはそこで一つ息を吸い込むと、メールアプリを開いた。もしかするとメールを書こうとしていたか、前のメールを読み返していたに違いない。開封済みのcloudメールフォルダを探していると、そこに、「RURI」という名前のフォルダを見つけた。開くと、受信したメールの全てが一覧で表示された。

スワイプしていくと、その数に驚きを隠せない。

いつからなの、いったいいつからなのよ。わたしは飢えた猟犬のように顔を突き出し、モニター画面の日付を目で追い、一つのメールを開く。

『うまく言えないけど、わたしがずっと求めてきたのは、たぶん、日常生活の奥底でキラキラ輝いてるもの、そんなようなものを表現したいんだと思うんだ。漠然としていて、なかなか見えそうで見えないものだとは思うけど』

そうだと思うけど、ルリが表現しようと思っていること、わたしにはわかるよ。説明なんかされなくたって、ずっと見てればわかるよ。そんなこと、航太朗に相談していたのか？

『いままであんまり、こんなこと人に話したことはなかったんだけど。メールしてみた』

わたしは頷きながら、次のメールを開く。

『最近思うんだけど、キラキラ輝いているものって、きっとぎりぎり一生懸命生きている中にこそ現れるんだろうね。それこそ身を削るような思いがあって初めて、輝きだすんだろうな。

だから、わたしなんてまだまだだって思う。いつになったらそこに辿り着けるのかなんて考えちゃうと、その果てしない道程に溜め息が出ちゃう。それでなんだか最近、落ち込んでるんだ』

ルリは充分、ぎりぎり一生懸命生きているのにー。バカだなー、わたしがいつでも慰めるのにー。

と、また次のメールへと移っていく。

『わたしね、ときどき自分が砂漠の真ん中にいるような気がするの。見渡す限りの荒野に独り佇んでいて、このまま進めばいいのか、戻ればいいのか、さっぱりわからない。

じっとしていてもしょうがないから、とりあえず前に向かって歩きだすんだけど、行けども行けども不毛の地で、疲れきって立ち止まってみても足許は脆く崩れやすくて、いまの自分の身すら危うい。

だから自分は進んでいくの。そうするしかないから』

うそでしょ？　ルリがそんなこと考えていたなんて？　わたしからすれば、あんなに元気に生き生きとして充実しているようにしか見えなかったルリなのに、むしろわたしのほうが元気づけられていたのに。

次のメールを開くと、今度はその調子が一変していた。

『航太朗、ありがとう。航太朗に言われて、ずいぶん元気づけられたよ。結局、自分で自分を貶めていたんだね。航太朗の言うように、もっと自分を信じて、心を開いていくべきなんだね。そうだろうとは思っても、いざとなるとそれが自分じゃ見えないみたい。

航太朗はあんまり口数は多くないけど、なんかわたしのこと見守ってくれてるって感じるよ。それがすごく安心を感じる。ホントに感謝してます』

えっ、いきなり元気づけられたって、なんなの？　このわたしを差し置いて、見守ってくれているって、どういうこと？

それで、グループ展の話はどうなってるのよ。いつになったら、その話が出てくるのよ？

わたしは次第に苛立ってきて、次から次へとメールを開いていた。

『こんなことでいちいち傷ついていたら、あの能登島のころを思いだしちゃうよ。あのときは、航太朗がわざわざ能登島まで来てくれて、一緒に海を見たね。なんにも話さなかったけど、わたしにはそれで充分だった。一緒にいてくれるだけで、わたしは安心したし、癒やされていたと思うんだ』

えっ、航太朗が能登島まで行っていたなんて。信じられない。それって、わたし抜きで？　そんなことありなの？　ということは、やっぱりあの「空白の一年」のころからだったの？

『わたし、やっぱり気分がすっきりしない。正直な気持ちでいたいのは確かだけど、そのことで誰かが傷つくのは耐えられないの』

誰が傷つくっていうの？　正直な気持ちって？

『みんなが笑顔でいられるようには、ならないのかな？　わたしの望みはそういうことなんだけど。誰もが満足できるようになんて、ありえないのかな？　そう思うと、わたし一言も言えない。顔を見ることもできなくなる』

わたしは、メールを読めば読むほどわからなくなってきた。何も得られないばかりか、妙に突き放されたような疎外感ばかりが湧き起こってくる。
それまで目に入らなかったが、ふとテーブルの上を見ると、ガラスの置物があることに気がついた。ルリの作品に違いない。それを持ち上げてみる。やせ細った樹に、リンゴの実が二つぶら下がっている。ぎりぎりにすり減らした身体から産まれた果実が、生きることの切実さを訴えているように見える。わたしにはそのリンゴの実が、採ってはいけない果実のように感じた。採ってしまったら、とんでもない罰が待っているのではないかと。

あーあ、でもわからない、ちっともわからない。ルリ、ホントに何を考えているの。何かを悩んでいるのだろうけど、わたしには、少しもわからない。まだまだ探りたい気持ちはあるけど、いくらなんでも航太朗だってそろそろ戻ってくるだろう。

そう思うと、急に怖くなってきた。いまは航太朗に会いたくないし、ここは、このまま帰るほうがいいだろう。

わたしは、メールアプリを元に戻して、スマホを置いた。


それから、藍さんとエディに合流すべく片町の居酒屋に急いで向かった。航太朗のメールに気を取られていたせいで、二人がどうなっているかなんて気にもしていなかったが、状況は予期せぬものだった。

まだまだ宵の口で、店内はお客さんも疎らだというのに、カウンター席の二人のテンションは異様に高かった。なんの話題で盛り上がっているのか、しきりに乾杯を繰り返している。そばには空になった生ビールのジョッキに、日本酒の四合瓶や、冷酒のデキャンタも並んでいる。

一瞬わたしは事態がよく飲み込めなかった。いったいどういう飲み方をしているのか。

近づいてみても、エディはそばに立っているわたしを気にもかけず、「俺は、大吟醸って最高峰だからなんでも旨いって思ってたんだけど」などと、冷酒グラスを持ち上げている。すでに顔は真っ赤だ。藍さんがそこに自分のグラスをぶつける。

「だから言ったでしょ。こんなふうにお刺身なんかに合わせるときは純米酒がいちばんよ。ああ、美味しい。お米の旨みがストレートに感じられるし、食べ物の旨みも引きだしてくれるのよ」

なんだかんだ言って、すっかりご機嫌な様子で二人の世界だ。もしかして、これって、ウマが合うってやつ？

「石川って、新潟ほど酒蔵の数は多くないけど、精鋭揃いで、知る人ぞ知る酒処ね。能登杜氏には山廃が得意な人も多いし」

「ヤマハイって？」

「情けないこと言わないで！　地元でしょ」

きっかけが摑めずに、黙ったままますごすごとエディの横に座ろうとすると、わたしの存在に気づいた藍さんがこっちと手招きし、二人の間の席に座らされた。

掘り炬燵になったカウンター席に座ると、今度はすかさずエディが生ビールを三人ぶん注文した。それが運ばれてくると待ちきれないように乾杯の儀式だ。二人とも陽気な声を上げ、もう少しでジョッキが割れるのではないかと思うくらいに勢いよくぶつけ合って、さらに加速して飲んでいく。

それにしても、この二人の組み合わせがこんな事態を招くなんて、誰が予測できただろう。むしろ、エディなんかに任せて大丈夫かなと心配していたほどなのに。エディに預けた自分がバカだった。こうなれば、わたしも覚悟を決めて追いついていくしかなさそうだ。もうどうなっても知らないから。と、わたしも急ピッチでジョッキを呷る。

「だいたいルリはさあ、何考えてるんだっつうの！　俺にはなぁんにも言ってくれないんだから」

唐突にエディが呂律の回らない口調で怒鳴りだした。

「ホントよ！　いったい、あの子は何考えてるのよ」

藍さんが、酔いで充血した目でそれに加勢する。

「ねえ、そうでしょう！」

さらに、わたしのほうにも同意を求めてくるから堪らない。

「ええ」と、周りの様子を確認しながら、関わりたくない一心で、わたしはびくつきながら、それに答えジョッキを傾ける。

すると調子に乗ったエディが、「もっともっと！　飲みが足りねえよ！」と煽ってくる。

酒癖悪っ！　とんでもない酔っぱらいたちだ。これじゃ、酔ったもん勝ちじゃない。

周りの人たちには、どうせもう、ろくでもない酔っぱらいグループって見られているよな。こうなりゃ、破れかぶれだ。ええいと、わたしもジョッキを呷る。

指笛を吹いて、エディが喜ぶ。藍さんも歓声を上げた。

「ところで、調べたいものってなんだったのよ？　わたしを置き去りにして」

藍さんが急に正気に返ったように不満を言った。

わたしは一瞬言葉に詰まり、「ああ、あれ？　わたしの勘違いなんです。なんでもなかったんです」と、誤魔化すのが精一杯だった。

「ホントなの？」

藍さんは、ジョッキを持ったまま、わたしを不審そうに見た。わたしはその視線に耐えきれず、「あ〜あ、喉が渇く」と、振り払うようにまたジョッキを呷った。

視線の先のエディは、笑いを噛み殺したような含みのある表情で、わたしを観察している。どうもこの二人、すでに何か示し合わせているようにしか思えない。

「聞いたよ。あなた、あの航太朗くんと付き合ってたんだって？」

ほら始まった。藍さんが畳みかけるように、言葉を突きつけてくる。

「うっ」とわたしは思わず言葉にならない声を漏らしてしまった。こうなっては隠しようもなく、勢いエディを睨みつけた。

エディは視線を外し、我関せずといった調子で口笛を吹いた。その表情がまた、小憎らしくてしょうがない。

「やっぱり、何か隠してると思ってた」

藍さんはここぞとばかりに追及の手を弛めない。

「いえ、それとこれとは……」

やっぱりこの二人を一緒にしたのはまずかった。後悔があとからあとから押し寄せてくる。でも、いまとなってはしょうがない。

「それはもう、とっくに終わってる話ですから」

また、わたしはジョッキを呷って誤魔化すしかない。

「あなたって、人のことにはすごく探りを入れるけど、自分のこと突っ込まれるのは弱いみたいね」

藍さんの言葉が耳に痛い。

それでもかまわず飲み続けるわたしを、藍さんとエディは今度は黙って見つめていた。二人の視線を目一杯感じながら、また呷る。何度かそんなふうにジョッキを持ち上げ、ついに飲み干すまで、どういうわけか二人は黙ったままわたしを見つめていた。

わたしは、かまわず店員を呼んで、生ビールを追加注文した。ビールが届くまでの間、沈黙する二人の前で手持ち無沙汰になってしまったわたしは、居心地悪く、しきりとジョッキをいじくりまわす。

「やっぱ元カレじゃ、いろいろ話しづらいよね。しかも、彼もルリのことが好きだったなんて」

また藍さんの言葉が、チクリと刺さる。きっとこの人はSに違いない。

ビールがテーブルに届くと、すぐにまた思いきりジョッキを呷った。こうなりゃ、とことん飲んで追いついてやる。いや、追い越してやる、って意地になっていた。

気がつくと、両側の二人の表情は意地悪い薄笑いから、徐々に歪んだ笑いとなり、やがて不安に青ざめていくようだった。わたしはそれをザマアミロと意識の遠いところで思いつつ、なおもジョッキを呷っていると、次第に自分の周りに膜が張っていくように睡魔に襲われていった。

Ⅳ

また、頬に生暖かいものを感じて目が覚めた。カムパネルラの顔が、目の前にあった。ゆっくり身体を起こすと、そこはルリの部屋。わたしはまた服のまま寝てしまったようだ。頭が重たくて、軽く痛みを伴っている。

部屋の襖は閉まっている。藍さんもさすがに今日は、まだ起きてきていないようだ。

わたしは緩慢な動きで、流しのほうへ向かった。身体はだるく頭は相変わらず痛む。

昨日にも増して体調は悪かったが、さすがに二日連続で甘えるわけにはいかない。なぜだか、そこは妙な使命感があった。今日はわたしが朝食の用意をするべきだろう。昨日のあの朝食と比べられたら、ちょっと困るけれど。

朝食をすませたあと、カムパネルラを連れて、藍さんと犀川の河原を歩いた。川音を聞きながらの朝の散歩は心地よかった。カムパネルラが弾むように歩き、リードをぐいぐいと引っ張る。相変わらず満開の桜が気分を華やかにしてくれる。

「お味噌汁、美味しかったよ」

藍さんは、二日酔いからようやく気分が戻ったのか、口を開いた。

「えっ？」

わたしは重い頭のまま、きょとんとした。

「昨日は、悪かったわ」

藍さんは、わたしが何か言うのを遮るように続けた。

「えっ？　ああ」

わたしも、まだ回らない頭で返事をし、「まあ、昨日はお互いさまですから」と自分をも慰めるように言った。藍さんは清々しい表情をして、川の流れを見ていた。

「結局、人にはそれぞれ自分の世界があるってことなのかなあ」

藍さんは川を見たまま、ポツリと言った。

「はあ？」

わたしはその真意を測りかねて、曖昧な声を出した。


犀川は今日も豊富な水量で、悠然と力強い流れだった。水勢を弛める堰が設けられている箇所では、高低差のため白波が立っている。

「わたし思ったのよ。どんなによく知ってる人だと思っていても、誰にも踏み込めない領域があるってことなのよね〜」

具体的になんのことを言っているのかわからないまま、「そうなんですかね？」と、わたしは曖昧に答えた。

「今回のルリのことでは、あなたもそう思ったはずよ」

そこで初めて藍さんは、わたしのほうに向き直った。

「まあ、たしかに」

わたしはそれを認めたくはなかったが、現実がそうである以上、認めざるをえなかった。

「もしかして、みんな、誰にも言えないような、切ない思いを抱えているのかも」

そう言われると、わたしも妙にしんみりしてしまった。藍さんは遠くを見て思いにふけっているようだった。

「でもね」

藍さんはまたわたしのほうを見て、「逆に何も言わなくても、わかり合える部分も、あることは確かだけど」と付け加えた。

「昨日のエディとみたいに？」

わたしは、意地悪く間の手を入れた。

「えっ？」

藍さんは一瞬戸惑いを見せたが、すぐに思い当たったのか、「まあ、たしかに」と答えて、今度は照れ笑いをした。

そしてちょっと間を置いてから、「わたし、今日帰るわ。京都に」と、吹っ切るように言った。

「でも、まだ手がかりも何も」

わたしは突然の言葉に当惑して、言葉を探った。しかし藍さんは、信じられないような言葉を口にした。

「たしかに手がかりも何も見つけられなかったけど、信じてみようと思ったの」

「信じる？」

わたしはその言葉を鸚鵡返しにした。

「そう、ルリを信じるの。そして、結局、みんなが言うように、帰ってくると思うの。また何事もなかったように」

わたしは、その言葉を反芻した。

帰ッテクルト思ウノ。マタ何事モナカッタヨウニ。

わたしだって信じてきたし、信じたい。そんなこと当たり前だと思う。だけど、だけど……。

「二日間だったけど、いろいろありがとう。あなたのおかげで、そんな気になれたのかもしれない」

藍さんの表情が急に穏やかなものになった気がした。

「えっ、わたしは何も」

その感謝の言葉に、逆にわたしはドギマギしてしまった。藍さんの中ではもう、すっかり、全てが解決したような表情だったが、わたしはまだとてもそんな気にはなれない。

「そして、お前にもお世話になったね」

しゃがみ込んで、カムパネルラの頭を撫でる藍さん。カムパネルラはちょっと迷惑そうに頭を振った。藍さんはまた、驚いて手を離した。

わたしはその様子を見て、ポツリと漏らした。

「でも、一人、とっても悲しむヤツがいるかもしれないですね」

「えっ？」

　藍さんは、怪訝そうにわたしを見た。


「ホント、マジっすか？　もう帰っちゃうなんて」

　エディは残念そうに藍さんの手を取った。

「そうね。わたしも仕事あるし、ゆっくりはしてられないから」

「せっかく、お近づきになれたばかりだっていうのに」

　エディはなおも残念がる。

　わたしたちは、金沢駅のもてなしドームで別れを惜しんでいた。カムパネルラもそれを悟っているかのようにおとなしく佇んでいた。

「あっ、そういえば」

　藍さんが思いだしたように切りだした。

「あなたが言ってた、ここには天使がいるって、あれ、どういうことなの？」

　ああ！　わたしは、すっかり忘れていたことを思いだして頷いた。そして藍さんに向かって微笑むと、指を天に向けた。

「あれですよ」

「えっ?」

藍さんは、言われるままにもてなしドームを見上げた。しかし、何を指しているのかわからないのか、天をすっぽりと覆うドームをぐるりと見回していた。

「あれですよ、あれ」

わたしは、再度指さした。

「あのリング」

「えっ?」

藍さんは思わず驚いた声を上げた。

ちょうど、もてなしドーム地下イベント広場と地上をつなぐエスカレーターの真上に当たる位置に、大きいリングが設置されている。

藍さんはやっと気づいて、「ああ、あれ」と不思議そうに見ていた。

「それが、どうかしたの?」

「あれは、ホントはテンションリングって言って、このドームのアルミの骨組みに加わる力を支えるために設置されているんです」

たしかに、その直径十二メートルのステンレス製のリングには、外側の柱からテンションが張られている。

「へ~、でも、それがどうしたの?」

藍さんは見上げたまま言った。

「ただ、人によっては、あれを〝天使の輪〟って呼んでるんですよ」

一瞬の間があってから、「ああ、そういうこと」とつぶやいた。藍さんはそこでようやくわたしのほうに向き直って、にっこりと微笑んだ。

改札上の電光掲示の時刻表が変わり、次の上り便、下り便のアナウンスが流れた。藍さんはそれを確認すると、「それじゃ、また何かわかったら連絡ちょうだいね」と言葉を残し、改札に向かった。

わたしとエディは改札ぎりぎりのところまで進んで、ホームへ向かう通路に消えていくまで藍さんの背中を見送った。

カムパネルラも尻尾を振って、一声吠えた。それを聞くと藍さんは振り返って、「京都にも遊びに来てね」と手を振った。エディもそれに応え、いつまでも手を振り続けた。そして姿が見えなくなると、「あ〜あ」という溜め息まじりの声で締め括った。

わたしも、何か虚しい気分に襲われた。何も力になれなかったばかりか、ルリへの不信感が生まれただけだったような気がする。それでも藍さん自身は納得していたようだし、わたしにとっても、藍さんと過ごす時間はどこか妙な安らぎがあったのも確かで、不思議な感じがする。

「ホントに航太朗は行き先知らないのかな?」

重い足取りで駅を出て、表のもてなしドームを歩きながら、わたしはエディに訊いた。

「それはホントに知らないみたいだった。だけど、何かがあったことは確かだな」

エディは訳知り顔で答えた。

「何か、何か、何かって何よ?」

わたしは、気安くそんなことを言うエディに必要以上に苛立ってしまう。エディはそんな言葉にも動じることなく、真っすぐ前を見て言った。

「ただ言えるのは、悔しいけど、航太朗はホントにルリのことが好きなんだって思ったよ」

「そ、そんなこと聞きたくないんだって!」

わたしは思わず立ち止まって、エディを怒鳴りつけた。

「お～お、怖っ!」

エディは身を竦ませた。

わたしの記憶の中のルリは、相変わらず何も答えてくれない。目の前にぽっかりと広がる天空を覆うガラスのドームが、かえって息苦しく感じられる。

が、突然のことだった。そのドームの上空を、サーカスの空中ブランコが行き交うイメージが浮かんだ。そのブランコに身を預け、両手を広げているのはルリだ。天使のような羽をつけた衣装を着て。

それは八〇年代のドイツ人監督ヴィム・ヴェンダースの映画「ベルリン・天使の詩」に出てくるサーカス小屋のソルヴェーグ・ドマルタンを思い起こさせる。天上の守護天使ダミエルが、地上のサーカス小屋で天使を演じるマリオンに恋をし、その恋を成就するため地上に降りてくるという物語だ。モノクロームの映像で描かれる彼女は、まさに本物の天使のように美しい。

吊り下げられたロープを両手で掴み、ブランコが振れるままに身体を反り返らせている。そしてブランコが一杯に振れて、近づいてくるのはルリだ。しかし、近づいてくるその微笑みの意味がわたしにはわからない。わたしのほうに限りなく近づいたかと思うと、大きく振り戻し、また後ろへと遠ざかっていく。その笑顔も、見ようによっては無表情にも思える。

こちらの反応も顧みないその微笑みが、残酷にすら思える。それでもわたしはその姿を目で追い、食い入るように見続け、どんどん引き込まれていく。

「ちょっと気になるのは、ルリが言ってたらしいんだけど、何かを乗り越えたときに、グループ展ができるって言ってたらしい」

「えっ?」

わたしは想像を中断され、ビクッと反応した。そして、「何かを、乗り越えたとき」と、その言葉を繰り返した。

「それは航太朗にも心当たりはないらしいんだけど、そう言ってたって」

やっぱり、それは作品に関することなのか? なんらかの決意表明みたいだ。二人のかけ離れた作風を結ぶための何かなのだろうか?

「一つ気になることがあるんだけど」

エディはなおも疑問を投げかける。

「何?」

「よくわかんないんだけど、いま、21世紀美術館でバイトしてる後輩の真由《まゆ》たちが何か知ってるかもしれない」

「どうして?」

「航太朗が市民ギャラリーを借りるために、スケジュールを確認に来てたらしいんだ」

「えっ? なんか矛盾してない?」

わたしは一瞬考え込んだ。ルリは、何かを乗り越えなきゃグループ展ができないって言っているのに、航太朗は会場のスケジュールを確認? 航太朗にとっては、乗り越えるメドは立っているってこと？

それともルリも、内心はもうできるって思っていたのかな？

それでもわたしは、「うん、でも、何か疑問を解く突破口になるかもね」と言った。

「ね？」

エディは自慢げに胸を張った。

「たまには役に立つこともあるんだねー」

わたしは自分の肩で、エディの肩を押した。

「なんだよ、それ」

エディは不満げな表情をしたが、それにはかまわず「さ、さ、とにかく行こう」とカムパネルラとともに煽るように駆けだすと、エディもしぶしぶ従った。

第三章　切なき思ひ

I

金沢21世紀美術館は、金沢城からほど近く、市役所の隣というまさに金沢の中心市街地に位置していた。さまざまなビルが建ち並ぶ兼六園へと通じる大通りから一筋道を入ると、誰も予期しない場所にぽっかりと開けた芝生の空間が出現する。

市役所のレンガ色のタイル貼りの建物とはまったく趣の異なる、フラットなガラス張りの外観と白い壁が新鮮な刺激を与えてくれる。反対側の背景は広坂《ひろさか》の森の緑が彩っている。

上空から見ると円形をしたその建物は、そのまんま〝まるびぃ〟という愛称で呼ばれている。これまでの美術館の堅苦しいイメージを脱した軽やかな外観で、一般の人々にも親しみやすさを与えていると思う。寛げるので、わたしも好きな場所だ。

カムパネルラを宥めつつ、エディのミニクーパーに残し、地下の駐車場からガラス張りのエレベーターで地上に上がった。最初の展示ギャラリーをやり過ごし、広坂口に向かって真っすぐ伸びる通路を歩く。その先に、真由がバイトしているというミュージアムショップがあるのだ。

通路の天井は高く、両側はガラスと白い壁で仕切られていて、途中、右手のガラスの壁から中庭が見えるようになっている。中庭を挟んだ反対側は、有料になっている企画展の展示スペースが見える。やはりそちら側も通路になっていて、展示室を移動する人たちの姿がちらほら見える。何気なくそちらのほうに目を向けると、通路を歩く見覚えのある姿が目に入った。

思わず立ち止まると、わたしはエディに「ちょっと先にミュージアムショップに行ってて」と言い残して、通路を急いだ。

「あ、また」

エディは呆気にとられていたが、わたしはかまわず小走りで向かった。

わたしは、たしか現代ドイツ人のアーティストの回顧展だったと思いつつも、よく確認しないまま料金を支払って、企画展の会場に入っていった。順路が矢印で示されているが遠回りになるところは飛ばして、目指す場所へ、最短距離を選んでずんずん進んでいった。

全体的に白を基調とした壁、高い天井の展示室に、さまざまな色彩が抽象的に塗りつけられた巨大なキャンバスや、中空にぶら下げられたパイプのアートなんかがあった。そのほか、写真をもとにピンぼけのように描かれた絵の数々もあった。さまざまな人たちのポートレート、女性のヌード、風景などが描かれたキャンバスたちを通り過ぎた。わたしはその中をただ流すように進んでいったのだけれど、そのぶんかえって像が残り、それらがリアルなもののように感じた。本来ならじっくり立ち止まって鑑賞したいところだが、いまはその余裕がない。

いくつか仕切られた部屋を抜けたところで現れた次の部屋は、まさにこの〝まるびぃ〟の中心に当たる円形の展示室だった。入り口から見ると、壁一面に設えられたグレイのガラス板の数々に圧倒される。白い壁と天井。まったくの無機的な空間。その中に、一枚が三メートル×二メートルほどの大きさのガラス板は等間隔で四枚、整然と並べられていた。対面する壁面にも同じく四枚の計八枚。ガラス板はグレイの色調だったが、その真ん前に立つ人の姿を映しだす。グレイの板の中に何かを見いだそうとしても、まず自分の姿が映しだされるに違いない。表面をじっくり見ようと覗き込めば覗き込むほど、自分の像が邪魔をする。

いま、一つのガラス板の前に立っている人物も、歩み寄って表面を覗き込んでいた。そこに映しだされている姿は、航太朗だ。

じっと、グレイのガラス板の前に佇んでいた。ときどき、右に左に位置を変え、グレイのガラス板に映しだされるものを確認しているようだった。あるいは、映しだされる自分の姿を、そこから排除しようと苦労していたのかもしれない。だけど、そこには自分の姿しか映しだされていないであろうことは遠目にも想像できた。

わたしは、その展示室の入り口から中を窺っていた。背後からほかの人が来ないかと、はらはらしながら身構えつつ。幸い、人の姿も疎らで、辺りはしばし静まっていた。航太朗は相変わらず、じっとグレイのガラス板の前に立ち尽くしていた。

いったい何を見て、何を考えているのか。わたしはそれが知りたくて、もどかしい思いだった。わたしは精一杯想像を働かせる。それが、航太朗も乗り越えなきゃならないものだということなのだろうか？

ガラス板の前に立っているってことは、乗り越えなきゃならない壁は、まさに目の前のガラス板。ガラスを越えるってことは、ガラスの向こうに行くってこと。それこそまさに、瑠璃ノムコウってことじゃない。

ルリノムコウ。

それが、いったいどういうことなの？　それがルリと関係あるの？

航太朗はようやく前かがみになっていた身体を起こして、その部屋の出口に向かって歩きだした。けれど、その間もずっと視線はガラス板に向けられていた。わたしも慌ててその様子を目で追いながら、航太朗の去った展示室に入っていった。そしてわたしも、展示室の真ん中辺りに立ち、ガラス板に対峙した。

グレイの暗く深い色調の中に、わたし自身の姿が、呆然とした姿が、目の前に映しだされていた。その姿は、わたし自身に何をしているのか問い質しているように見えた。慌てて焦点を手前に移し、ガラス板の質感を捉えようと試みるが、暗く深い色調は常に反射した像を描きだそうとする。逆らおうとすれば、逆に暗い闇の深淵に落ち込んでいくように感じる。それをすんでのところで踏みとどまる。まさにこれは自分自身の目のパララックスじゃないかと思うと、ぐらぐらと自分の知覚が揺らいでいくように感じる。

道に迷った子どものように、夕闇に追われ、家に帰る道もわからず、不安でいっぱいで自分の存在自体が危うくなるようだ。本当に、わたしは何をしているのだろう。

わたしは気を取り直すと、すぐに航太朗のあとを追った。あの展示を観ることだけが目的だったのか、あとはもう興味をなくしたのか、航太朗は企画展示のコーナーを擦り抜け、わたしたちが入ってきた市役所側の出口に向かっているようだった。わたしはそのあとを追いながら通路を急ぎ、エディのいるはずのミュージアムショップに走った。航太朗に気づかれないように、円形に仕切られたショップの中に滑り込むと、呑気にショップの真由と話し込むエディを見つけ「早く、来て！」と、強引に手を引っ張った。

「待てよ、話訊かなくていいのかよ！」

喚くのをうっちゃって、「あとで訊くから」と急き立てた。

航太朗は美術館の外に出ると、駐輪場に向かった。バイクを停めてあるに違いない。

わたしはそれを見ると、地下駐車場への降り口に向かって、エディをさらに急かす。

「急いで！　あとを追うのよ」

「えっ？　なんで？」

エディは戸惑うばかりだが、かまっていられない。

エディのミニクーパーで地上に出ると、右手にある表通りの交差点で航太朗のミニバイクが信号待ちしているのが見えた。すぐさま信号が青に変わり、ミニバイクは走り出す。

「いた！　早く追って」

わたしは、助手席からエディの肩を揺すった。それを見てか、カムパネルラもエディの顔にじゃれついた。

「うわぁ、わかったよ、わかったから、揺するなよ。舐めるなっての！」

エディも必死だ。わたしも慌ててカムパネルラを押さえつけた。舐められた顔を拭ってエディは一つ大きく息をすると、不機嫌そうにぼやいた。

「だいたい、なんであとをつけなきゃいけないいんだよ。呼び止めれば済むことじゃないか」

わたしは間髪入れず答えた。

「それじゃ、秘密を暴けないの！」

「秘密って？　暴くって？」

エディは目を瞠った。それを断ち切るようにわたしは言った。

「いいから、急いで」

航太朗は広坂の交差点を左折して、金沢城の石垣の前を通過すると、かつて百間堀だった道路を進んだ。昨日藍さんとわたしが石川門に架かる橋の上から見た場所だ。そして桜が咲き誇る兼六園下を通過すると、浅野川に沿った湯涌温泉への道を進んでいった。

「こんな探偵みたいなこと初めてだよ」

「ぼやいてないで、付かず離れずの距離を保ってよ」

エディは相変わらず不満げだったが、わたしは前方だけに視線を集中して、指示を出した。

「はい、はい。人使い荒いよな」

エディも観念したようだ。

航太朗は、ずっと一本道を進んでいった。このまま行くと、思い浮かぶのはひとつしかないけど、やっぱりあそこに行くのだろうか。思案しているうちに、いつしか道は山間を縫うように走っている。航太朗は相変わらずマイペースで走り続けている。そのうち山の連なりが開けた場所に出た。道路沿いに葡萄畑が現れて、その脇にログハウスふうのガラス工房が見える。

案の定、航太朗はガラス工房の前にバイクを停めると、中に入っていった。

わたしはエディに指示して、不自然にならないように一度ガラス工房を通過させて、道がカーブして死角になる場所に車を停めさせた。そして車を降りると、忍びのように身を低くして葡萄畑沿いに走って、ガラス工房が覗ける位置を探した。エディは呆れた顔をして、車のそばに立っていたようだが、わたしは真剣だ。

わたしはまだ新芽が芽吹いたばかりの葡萄棚の中にずんずん進入していって、適当な位置でしゃがみ込んで中を覗いた。表のガラスドアのところで、航太朗と陽平さんが話しているのが見えた。いったい何を話しているのだろう。見ようによっては、何やらよからぬことを企んでいるようにも見える。まさかこの二人までがグルだなんてことないよね。これ以上、わたしにどんなうそをつこうとしているのか。もう、こうなってくると、それもありえそうに思えて、疑心暗鬼になる。

しばらくすると航太朗は表に出てきて、何事もなかったようにヘルメットを被るとバイクを発進させ、いま来た道を戻っていった。わたしはそれを見送ると、すぐにガラス工房へ飛び込んでいった。

「陽平さん！」

息せき切って飛び込んだわたしを見て、陽平さんは呆然としていた。

「見たわよ！」

「見たって、何を？」

「いま、航太朗来てたでしょ？」

一歩詰めるようにわたしは言った。陽平さんはちょっと怯んで、「ああ、あれが航太朗くんか」と答えた。

「惚けてるんじゃないよね」

「何、興奮してるんだよ。話には聞いてたけど、会うのは初めてだよ」

「な、何話してたの？」

わたしの問い詰めるような語気に「いや、別に。ルリのこと訊きに来たんだよ。見かけなかったかって。一昨日のお前たちと一緒だよ」と平然と答えた。

「それで、それで？」

なおもわたしは追い打ちをかける。

「だから、知らないって。そう答えた」

「ホントにそれだけ？」

「ホントも何も、知らないんだから」

「グルじゃないよね？」

「グル？　ったく、この前からいったいなんなんだよ」

陽平さんもいい加減うんざりしているようだったが、わたしも必死だ。

「これ以上、信じるものがなくなったら、わたし自殺しちゃうからね！」

「おい、おい。穏やかじゃないなあ」

陽平さんは戸惑っていた。

「それじゃ」

わたしは捨て台詞を残して、エディの車のほうに急いだ。

「あ、また」

陽平さんは何か言いかけたところだったが無視した。

エディは車に寄りかかりながら呑気にタバコを吸い、窓からカムパネルラにちょっかいを出していた。

わたしは、「さあ、行くよ」とエディを急き立てて、助手席に乗り込んだ。

「まったく、いつまで続くんだ、探偵ごっこは？」

「失礼なこと言わないで。わたしは真剣なんだからね」

嘆くエディを叱りとばす。カムパネルラも同調するように一声吠えた。

「はい、は〜い」

エディはまた、しぶしぶ車を走らせた。

しばらく走って、また航太朗のバイクの後ろ姿を捕まえると、エディに距離をとるように指示した。来た道を戻るように航太朗は一本道を進んでいったが、住宅地を抜け、卯辰山目前の鈴見橋まで来ると右折して橋を渡り、浅野川沿いの道を進んでいった。

今度は行き先がまったく読めない。まさか卯辰山の工芸工房へ行く気なのかな？

そう思っていると、バイクはまさしく卯辰山を登る坂道へと進路をとった。ジグザグの坂を、甲高いエンジン音を立てて登っていく。これはどう考えても工芸工房への道だ。また、そこでも消息を尋ねる気なのだろうか？

そう思っているうちに、バイクは卯辰山頂上の展望台のある公園を過ぎ、今度は坂を下り始めた。どんどん進んでいくと道はカーブして、いよいよ工芸工房が見えてきたが、呆気なく通過して、建物沿いの林道のような細い道を突き進んだ。

あれっ！　当てが外れたせいで、ますますその行き先が不可解になった。

「なんだ、工芸工房じゃねえのかよ！」

エディもぼやいたが、バイクはなおも坂道を下っていく。「あんまり狭い道行ってほしくねえな」と、エディは自分の車が心配なのか、ぼやきながら車を進める。

その心配をさらに掻き立てるように、道の両脇を鬱蒼とした木々が覆ってきたり、竹林に突入したりしていくと、エディじゃなくてもこの先が不安になってくる。挙げ句に墓場まで見えてくると前方は行き止まりになって、追跡ももはやこれまでか、と観念してしまう。

が、そこで航太朗は抜け道のような細い道を右折した。エディも必死にそれに従う。すると突然視界が開け、斜面に段々畑のように家が建ち並んだ場所に出た。それは麓のほうまで続いているようだ。それらの民家の間を縫うように坂を下っていくと、いつの間にか斜面沿いに石垣が張り巡らされていて、それ伝いに進むとお寺の案内板が立っていた。

そうか、この辺りは東山寺院群のほうに出るんだ、と思った途端、とある石段の下で、航太朗はバイクを降りた。石段を見上げるとお寺の山門が建っている。

「停めて！」

わたしは急いでエディに声をかけた。驚いたエディは急ブレーキをかけて、坂の途中で停まった。思わずカムパネルラも後部座席から身を乗りだしてきて、エディの顔の横に並んだ。

「ったく、脅かすなよ！」

喚くエディを車に残し、わたしは「ちょっと待ってて」と、一人石段を登っていく航太朗を追いかけた。

こんなお寺にいったいなんの用なのか？　あいつがそんな信心深い人間だったなんて思えないし、これこそ謎の大もとなのかな？

石段の脇には、「鬼子母神」と刻まれた石碑が高々と建っていた。キシボジン？その心は？　この言葉、どこかで聞いたことがあるような気もするが、それがいったい何を意味するのか、無知なわたしにはわからない。

その前を通り、石段を登って、山門の陰から中を窺うと、航太朗は扉を閉ざした本堂の前で手を合わせていた。えっ、なんなの？　なんのお参り？　わたしは、さらに身を乗りだして覗き込んだ。結構長い時間だったと思うが、そこまで真剣に手を合わせるなんて、よほどのことだと思う。それともヤケになっての神頼みなのか。

航太朗はようやく顔を上げると、踵を返し、山門へ戻ってきた。わたしは慌てて、身体を捻るように山門の端に身を隠した。そのとき山門の扉の装飾の丸く乳房のような金具に手が触れた。一瞬はっとしたが、それより見つからないかと冷や冷やして、必死に息を潜めた。

航太朗が石段を降りていくのを確認して、入れ替わるようにわたしは本堂のほうに入っていった。何か発見がないか、目を皿のようにして中を覗き込んだ。しかし、特に変わったものが見えたわけでもなく、結局よくわからぬまま、反転して山門まで戻った。足音を立てないように、抜き足差し足忍び足で慎重に移動する。坂の途中にいるエディの車が見つかるのではないかと心配したが、山門から下を窺うと航太朗は特に気づいた様子もなく、ヘルメットを被り、バイクのエンジンをかけているところだった。

バイクが走り去るのを見届けて、石段を駆け下りた。下に降りて左右を見回すと、航太朗が降りていった道とは反対側の坂の上から、エディのミニクーパーがすっとやってきて、横付けされた。思わず、「おっ、手回しいいじゃん」と声を上げると、エディは「探偵稼業が身についてきたかな」と得意げに手を挙げて答えた。

航太朗のバイクは、東山の寺院群を抜けると大通りに出て、今度は通りを海側に向かって進んでいった。

航太朗の背中を目で追っているうちに、わたしはふと思いだして、携帯で「キシボジン」を検索した。検索結果が表示されるまでのわずかな時間も、どことなく気が気じゃなかった。

本当にいったいどこに向かっているんだろう？　さっきのお寺で、目的は果たされたのかな？　どうなんだろう？　と思っていると、そこに表示された読みは、「キシボジン」ではなく「キシモジン」とあり、言葉の意味は「安産、子育ての神」とあった。

えっ！　な、なんだろう。どういうことなんだろう？　思わず先を走る航太朗のほうを見てしまう。それに気づいて、エディが「どうかした？」って訊いてくる。んん、いやよくわからない。

航太朗は相変わらず、真っすぐ走っているだけだ。もしかして、このまま自分のアトリエに戻るだけなのかな？

よくよく考えれば、航太朗は付き合っているときから、行動がよくわからないことがあった。アーティストだから時にわがままだし、気分屋だったりもした。でも、それは許容範囲のことだったし、人格的に問題があったとは思わないし、決定的に合わなかったとは思っていない。

だけど、終わり方はすごくあっさりしていて、美大の卒業とともに「作品に打ち込みたいから」という理由だった。あまりに唐突で、かえってわたしもそれにちゃんと反応できなかったくらいだ。たしかに付き合いたいって言ってきたのは航太朗のほうだったし、その彼に続ける気がなくなって去っていったってだけの話だと言えばそれまでだった。だからわたしとしては、なんだかずっと煮えきらないままで終わっちゃったって感じだった。それなのに、ルリとのことを知ってから、心が激しく揺さぶられているのが妙だった。終わっていたはずなのに、気持ちはそれを許さないのだ。

「あいつ、うちに帰るんじゃないの」

エディも状況を察して言った。

「そうかもしれないけど、油断しないでこのまま追って」

わたしは、真っすぐ前を見て答えた。

航太朗は、やはり国道を横切り、海側への道を進んだ。しかし、大野へのルートはとらずに、北上する内灘への道へと右折していった。

Ⅱ

内灘砂丘はほとんど人影もなく静かだった。ただ、パラセーリングする姿がちらほら見えていて、赤や黄色のカラフルなパラが空をゆったりと舞っていた。

航太朗は砂丘前の駐車場にバイクを停めると、ヘルメットを外して砂丘へと入っていった。わたしたちは、それを少し離れた路上から見ていた。

航太朗は躊躇することもなく、ずんずん波打ち際へと近づいていった。そして波が届くか届かないかぎりぎりのところで足を止め、海を見つめたまま、しばらく立ち尽くしていた。が、そのうちがっくりと身体を折るようにして砂浜に座り込んだ。こちら側からは、項垂れた背中だけしか見えなくなった。

わたしはその様子を黙って見ていたが、意を決しておもむろに車から降りた。「おい、どうするんだよ」という声を遮るようにドアを閉めようとすると、するりとカムパネルラも車から滑り出た。あっ、と声を出す間もなく、カムパネルラは砂浜を駆けていった。慌ててそのあとを追いかけるが、カムパネルラは目標に向かって真っすぐ走っているようだった。

あっという間にカムパネルラは航太朗のそばで立ち止まった。そして次の瞬間、わたしが、えっ、と声を発する間もなく、航太朗の項垂れた首筋を舐めた。

思わず航太朗も驚いて振り返り、わたしもその場に立ち止まった。お互いに目が合ったが、すぐに言葉は出なかった。

航太朗はまた、海のほうに視線を戻した。長い沈黙を、波の音が埋めていた。

「できちゃったみたいなんだ」

航太朗は、ボソッとつぶやいた。

「えっ！」

わたしは、波間に紛れる頼りないその声をはっきりと受け止められなかった。ただ呆気にとられていた。

「子ども、できたって」

航太朗は再び言った。

えっ、それって、わたしの発する声は言葉にならなかった。あまりに現実感のない言葉のように感じていた。必死に頭の中を整理しようと、何度も何度もパズルのピースを嵌め込もうとするが、うまくそれが形にならない。

「それって、なんのこと？」

やっとの思いで発した自分の言葉は、つまらなく幼稚なものに感じた。航太朗は振り向きもせず、俯いたままだった。

「わかるだろう？　ルリのことさ」

あまりに頼りない声だったせいで思わず聞き逃すところだった。わたしは、つい聞いてしまったことに、恐れを抱きながらも尋ねた。

「つまり、ルリが妊娠ってこと？」

「ああ」

航太朗は、向きを変えないまま答えた。

「だから、鬼子母神……なのか？」

わたしは、自分に問いかける。

航太朗は、驚いた声で「えっ？」と振り返ると、いつの間にか真っすぐ睨んでいたわたしと目が合った。航太朗は、それに気づくと少々怯んだようだった。

「それ、いったいいつわかったのよ?」

わたしの口調は厳しくなっていた。航太朗は、ちょっと考えていた。

「ルリがいなくなるちょっと前だよ」

「それじゃ、ルリは」

「いや、それだけがいなくなった理由とは言えないと思うけど」

「でも」

わたしが言いかけた言葉を遮るように、航太朗が割り込んでくる。

「俺は堕ろそうって言ったんだ。まだお互いにそんな準備ができてないし。無理だって」

「そんなこと言ったの!」

わたしは急に顔が熱くなって、声を荒らげた。

航太朗はそれに驚いて、「俺だって真剣に考えてのことだよ」と言い訳する。わたしはますます信じられなくなり、「そんなことしか言えなかったの?」と繰り返した。

「えっ?」

航太朗は、意外そうな顔をした。

「わたしに内緒で付き合っといて、そんなことしか言えなかったの?」

「ちょっと待てよ」

航太朗は焦って言った。

「鬼子母神って、安産の神様でしょ。ホントは、心の中じゃ、祈ってるんでしょ？」

航太朗は再び驚いて、どうしてそれを、と言いかけて、「いや、それは……」と言葉を濁した。

「それはって、何よ」

わたしは追及を弛めなかった。それとは逆に、航太朗は次第に言葉を失っていくようだった。

「わたし、わたし許さないからね」

改めてそう言うと、航太朗をさらに睨みつけた。航太朗は意外な反応に戸惑っているように見えた。航太朗に言葉がないと見ると、さらに続けた。

「そんな、『産むな』って、そんなこと本気で言ってるなら許さないからね」

「お前……」

航太朗は搾りだすような声でそう漏らすのが精一杯だった。

「絶対に、ぜったいに、許さないから」

わたしは何か別の意味でムキになったように、容赦なく続けた。

航太朗は、ついに黙って目を瞑った。

「喜びなさいよ。どうして素直に喜ばないの。喜ぶべきことじゃない」

わたしのムキになっている言葉が、さらに熱を帯びていく。

「だから言ったろ。それだけじゃないって」

ようやく航太朗が口を開いた。

「それだけじゃないって、ほかに何があるって言うの？」

航太朗はまた言い淀んで、俯いた。

「それは……それは、お前のことがあったから」

「えっ？」

今度はわたしが驚く番だった。

「一昨日も言ったけど、ルリはお前のことをずっと気にしてたんだ」

「気にしてたって……それがいったいなんだったって言うの？」

「自分のせいで、お前が傷つくことが怖かったんだ。お前の性格をよく知ってるからこそ悩んでたんだ」

わたしは自分を誤魔化すことに躍起になっていた。

「だ、だから、そんなこと言われるほうが、よっぽど傷つくよ」

航太朗はもうお手上げ状態になって、思わず天を仰いだ。そして携帯電話を取り出すと画面をわたしに見せた。

「これ、見てみろよ」

覗いてみると、それはルリからのメールだった。これを読めって言うの？

わたしは読みたいと思う半面、開けてはいけないパンドラの箱のように感じてならなかった。尻込みするわたしを見て、航太朗は携帯電話をさらに突き出した。その目の切迫感に、やはり拒むことはできないと感じたわたしは、仕方なく携帯を受け取り、画面を覗き込んだ。

『わたし、やっぱりこのままじゃいられない。なんだか自分がとっても悪いことをしているように感じるし、明るく彼女の前に行けないよ。本当に想っている相手だからこそ、言えないことってあると思うの。ねえ、どうしたらいいの？　航太朗は同意してくれないし、親友との間も微妙だし。さらに言えば、お父さんとのことだってあるし。本当にわたしはどうしたらいいの？

前にエビちゃんに教えてもらったんだけど、室生犀星の詩にこういうのがあった。「切なき思ひぞ知る」って言うんだけど、いろいろなことに対してどうにかしたくてもどうにもならない、いまの自分の状況をただ受け止めるしかないことを詠っているの。なんだかいまの自分はそんな感じだから、書き写すね。

切なき思ひぞ知る

我は張り詰めたる氷を愛す。
斯る切なき思ひを愛す。
我はその虹のごとく輝けるを見たり。
斯る花にあらざる花を愛す。
我は氷の奥にあるものに同感す、
その剣のごときものの中にある熱情を感ず、
我はつねに狭小なる人生に住めり、
その人生の荒涼の中に呻吟せり、
さればこそ張り詰めたる氷を愛す。
斯る切なき思ひを愛す。』

わたしは、その詩を読んで何も言うことができなかった。
何もわかっていなかった。ルリの心の中を初めて垣間見たような気がした。あのルリが、あのルリが、そこまで胸を切り裂かれるような思いでいたなんて。

さらにメールは続いて、

『やっぱり、わたし、ちゃんと彼女に会って話すから。そうしなきゃ。そうしなきゃ、いられない。もちろん、お父さんにも』

とあった。


わたしは、航太朗のすぐ横に屈み込んで、顔を覗き込んだ。

「好きなんでしょ？　ルリのこと、好きなんでしょ？」

だんだんわたしは気持ちが昂っていくのを止められなかった。

「喜んでよ、喜んでよ、喜びなさいよ！」

わたしは航太朗の身体を殴った。カムパネルラは、ビクッとして、身構えた。もうわたしは冷静さを失っていた。涙が溢れ出していた。航太朗は呆然として、わたしのほうを見ていた。

「どうして認めてあげられないの？」

それはわたしの願いに満ちた言葉だった。

「だっていまは、そんな状況じゃないし……」

航太朗はわたしの表情を窺いながら弁明を始めた。

「自分には、まだまだやらなきゃいけないことがいっぱいあるし……」

わたしはいたたまれなくなって、その言葉を遮るように言った。

「認める以上にやらなきゃいけないことって何？」

航太朗はまた黙り込んだが、さらにわたしは続けた。

「わたしにはわかんない」

航太朗は目を伏せながらも、かろうじて「ああ、わからないと思う」と答えた。

「なんですって？」

わたしはその言葉が信じられなくて目を瞠った。

「だけど、だけど、ルリはホントはわかってくれてると思う」

今度はわたしのほうが黙る番だった。

「だから、あいつは苦しんで、自分一人で抱え込んでしまったと思うんだ」

「ルリがわかってくれてるって？　ホントにそう思うの？」

わたしにはその言葉が信じられなかった。

「ああ、俺はそう思ってる。そう、信じてる」

航太朗は迷うことなく答えた。

「そこまでわかってるなら、なんとかできなかったの？　ひどいじゃない！　ねえ、そうじゃないの！　なんでもかんでもルリに押しつけて」

わたしはさらに興奮するように航太朗に詰め寄った。

「ああ」

航太朗は小さくつぶやいた。

「俺はひどいヤツだ」

「そんな開き直ったって、ルリは救われないわよ」

「ああ」

「そんなことばっかり言ってないで、ルリのこと考えてよ」

「ああ」

「そうでしょう、ねえ、そうでしょう?」

「ああ」

「じゃなきゃ、じゃなきゃ、許さないから！　絶対に、許さないから！」

また航太朗の身体を殴った。

航太朗は、身じろぎもせずそのままでいた。が、カムパネルラが興奮して、二人の間に割り込んできた。航太郎は必死にカムパネルラを押さえながら言った。

「情けないよ。ホントに、俺はどうすればいいかわからなかったんだ。結論を先送りしてただけなんだ」

弱々しい言葉だった。それは航太朗の本音だったのだろう。そこで初めて航太朗は、わたしの目を懇願するように見た。それでも、わたしは航太朗を叱りつけるように言う。

「でも、ルリはわかってくれてるんでしょ！　そう信じてるんでしょ！」

航太朗はまた黙り込んだ。

「信じてるなら受け入れてあげてよ。何もかも受け入れて」

わたしはそう言うと、項垂れる航太朗を残し、カムパネルラを連れてその場を離れた。

車に戻ると、エディは妙に優しげな微笑みを浮かべていた。その微笑みの意味がわからず、エディを見返した。

「許してやれよ」

不意の一言に、なぜだかわたしの緊張感がすっと消えていくような気がした。

「なんだかわかんないけど、許してやることも必要なんじゃないか」

エディは重ねて言った。

こいつに何がわかるもんかと思いつつ、シートに深々と沈み込むと、暮れていく夕陽が真っ赤に染まっていくのが目に入ってきた。その色は、いままで見たこともないような目に焼き付く深い赤だった。急に身を寄せてきたカムパネルラの体温を感じ、思わず強く抱きしめた。

「この前一緒に飲んだときに訊いたんだ。どう言ったもんかと思って、お前には言わなかったけど。あいつ、自分が彫刻家として独り立ちしたら、ちゃんと結婚するって考えてたみたいなんだ」

「えっ？」

エディの話が遠くに聞こえる。

「たしかに自分勝手な話だとは思うよ。ったく、あいつときたら、わがままだよな。芸術家としての自尊心を満たしたうえじゃなきゃ、次に進めないって考えてるなんて。わかるけど、贅沢な悩みだっていうの」

わたしは黙って聞いていた。

「だけど、いざとなったらあいつだってちゃんと受け入れると思うよ。そういうやつさ、あいつは。俺はそう思うよ」

「信じてるの？」

「ああ、そう信じてるよ」

わたしはシートに蹲ったまま、じっと動けずにいた。

ぽつんと漏らしたわたしの言葉に、「えっ？」とエディが訊き返した。

「遅いよ」

「それ早く言ってよ」

わたしはまた、ポツリ、独り言のように漏らした。

そしてしばし自分自身の思いに苛まれていると、もしかして、ルリもそうだったのかもしれないと思い至った。

つまり、お父さんに反発するように家を出たルリにとって、ガラス作品でこれだっていうものを作って、お父さんに認めてもらいたかったんじゃないだろうか。でなきゃ、何も言えないって。そう考えていたんじゃないだろうか。

とすれば、あの二人、ルリと航太朗、なんて似たようなことで悩んでいるんだろう。まるで目の前に立ち塞がった同じ壁の前で、それぞれがてんでに悩み、項垂れて座り込んでしまっているようだ。

まったく、そういう意味では感情表現が下手な、不器用な似たもの同士じゃないの。それならば、誰かが言ってやるべきなんだ。なんでそんなことで悩んでいるのって。

そう思うと、急に可笑しさが込み上げてきて、わたしはいつの間にか笑い声を上げていた。ははははは。エディは驚いた顔でわたしを見ていた。あははは……。笑いはさらに高笑いになっていった。カムパネルラもその異変に身を竦めていた。でも、ひとしきり笑い尽くすと、わたしは再び黙り込んだ。

するとそれを待っていたかのようにエディがポツリと言った。

「あのさあ。どうでもいいけど、いい加減気づけよな。俺が本当は誰のこと想ってるのか」

その言葉に、今度はわたしのほうが驚き、真っすぐ前を見ているエディの横顔を見た。

Ⅲ

結局、それから一言も発することもできず、エディに自宅まで送ってもらった。エディの一言は突然だったし、どういう反応をしていいのか、正直わからなかった。エディもそれ以上は何も言わなかったし、わたしもなんだかもやもやしたまま車を降りた。

わたしはカムパネルラを玄関脇の駐車場の鉄柱につないで、独り家の中に入っていった。母親も仕事から帰っておらず、久々の家はひっそりと静まり返っていた。階段を上りながら、なぜか足音を忍ばせている自分に気づく。自然にそうさせているのは何かを考えると、この家で自分は本当に寛げていたのだろうかと思いさえした。

父親はわたしが高二のときに家を出ていった。母親は多くを語らなかったが、間もなく父が別の女の人と再婚したことからも、母と別れた理由はおのずとわかった。

もともと、仕事で家を空けることの多かった父はわたしにとって希薄な存在であり、それから特に父に会いたいという気持ちは湧かなかった。母親はわたしを大学に通わせるために大変な思いをしたに違いないが、父からの慰謝料はしっかり確保したうえで、結婚相談所のカウンセラーという自分のやりたい仕事に打ち込み、友だちと趣味を楽しむ余裕を得て、母娘二人の生活は意外と快適だったような気がしている。

二階奥の自分の部屋に入ると、出かけたとき同様に散らかったいつもの部屋だった。雑誌がカーペットの上に散らばり、部屋着にしているカーディガンがベッドの上に放り出されたままになっている。そのいつもどおりの様子にほっとしたのか、がっくりと力が抜けてベッドに腰を下ろした。

大きく息をつくと、ショルダーバッグから、さっき帰りがけに写真屋で受け取ったばかりの現像済みの写真を取り出した。一つひとつ捲ってみてから、並べて見るために机の上にタロット占いのように一枚一枚置いていった。昨日、藍さんを撮影した写真だ。金沢の名所巡りの記念写真。

間に挟まれた歪んだ画像に、思わず吹きだしてしまう。藍さんが気取ってポーズを決めているのに、とても人間とは思えない姿。エイリアンが笑っているみたいだ。兼六園も金沢城も歪んでひしゃげて、名所旧跡も何もあったもんじゃない。こんな写真、藍さんに見せるのは気が引ける、というか絶対見せられない。わたしも相当なワルだ。

その中の一枚。これは歪ませていないまともな写真だが、ひがし茶屋街の店先にかかる暖簾の前でお店の人に撮ってもらった、わたしと藍さんのツーショット。ルリのいない組み合わせだが、それなりに二人は楽しそうに見える。もしかしたら姉妹に見えなくもないかも。きょうだいのいないわたしにとっては、案外こんなふうに何気なく姉妹で撮る記念写真なんかが憧れだったのかもしれない。

そんなことを考えていると、急に閃くものがあって、わたしはおもむろに押し入れの戸を開けて物色を始めた。奥に積み重なった段ボール箱を順に取り出し、中身を確認していく。中からは高校時代の文化祭のパンフレットだとか、授業のプリントだとか、卒業記念の寄せ書きなど懐かしいものが出てきた。

それらの記憶を一つひとつ辿りながら探り当てたのは、古いアルバム。最近のものじゃなく、ずいぶん昔の、わたしが幼いころのものだ。長い間、積み重ねられていた底にあり、ずっと開いていないものだった。高校時代にいろいろと両親のごたごたがあったことも影響してか、わたしは昔のアルバムを開いて過去を懐かしんだりするのが苦手で、めったに見ることはなかった。それがいま、思いがけず幼少期のアルバムを手にしている。

開くとすぐに当時の匂いが漂ってくるような気がした。色褪せたカラー写真とともに微かに香り立つものが自分を過去へと誘っていく。幼いわたしは、母親に抱かれていたり、父親に抱かれたりして写っていた。ようやく立ち上がると、母親が手を叩いて招くほうに、よちよちと歩みを進めている。

ところどころ、古くなったページとページが軽く貼りついていて、わたしはページを丁寧に捲らなければならなかった。

　ふと、目に留まった一枚があった。そのときわたしは、息が止まるかと思うほど驚いた。なぜ、ここにこの写真があるのか。いや、どうして、いまのいままでこのことを忘れていたのか。

　それは、紛れもなく砂丘の写真だった。色褪せたカラーの鳥取砂丘だった。幼いころ、両親と一緒に旅行したときの写真だと思われる。

　幼いわたしは、駱駝に乗ってベソをかいたり、砂の斜面でカメラに笑顔を向けている。砂丘をバックに家族三人で画面に収まっているものもある。

　わたしは、嵌まらないピースをもう一度最初から組み立て直そうとしてみる。わたしが思いだすのは、ルリに聞かされた家族旅行で行った砂丘。高校時代、彼と再び訪れた砂丘。そこには自分に当て嵌まる話はなかったはずだ。ところが、その物語の中の何かがどこかで捻れたかのようだ。その縺れた糸を手繰り寄せていくと、たしかにルリの記憶だったと認識していたはずのそれは、巡り巡って自分の記憶の糸玉を引き寄せていくのだ。

　その瞬間、頭の中の映像のルリの顔が、フラッシュバックするように自分の顔にすげ替えられる。歓喜のあまり砂丘の斜面をでんぐり返ししていくのは、ルリじゃなく、わたし自身だったのだ。

じゃあ、砂丘に対して憧れを持っているっていうのも、ルリじゃなくて自分なんじゃないの？　物語の一部が組み替えられることによって別の物語になったみたいだ。同じだと思っていた物語が、読む人によって新たに書き換えられていく。まるで未完の『銀河鉄道の夜』みたいに。

一度引き寄せられた自分の記憶の糸玉が、どんどんほぐされてバラバラになっていく。そうなるともうじっとしていられなくなる。今度は立ち上がって、本棚を探し始める。収納しきれない本が、立てて並べた本の上に積み重なっている。それらを片っ端から摑んでは抜きだしていった。表紙や背表紙を確認して、また戻しながら。それを繰り返していくうちに、奥の奥から一冊の写真集が出てきた。

『砂丘』というその写真集は、鳥取出身の写真家、植田正治《うえだしょうじ》のものだ。記憶の奥をまさぐりながら、改めてそれを見つめる。そうだ、これはルリじゃなく、まさしくわたしが好きだった写真集だ。

ゆっくりとページを捲っていくと、モノクロームの砂丘がさまざまな表情で描き出されている。砂丘でポーズをとるシルクハットの男や、ヌードの女性、あるいは半ズボンの子どもたちの姿が、まるでデザインされたように配置されて収まっている。ある写真には、昼間なのに花火までが強いコントラストで鮮明に写っている。それらを目で追いながら、記憶を確かめていく。そして、まるで初めて発見したかのように、目を引く言葉がそこに書かれている。

――砂丘は、巨大なホリゾントだ。

そうだ、そうなのだ。すでに、ここに書かれていたんだ。わたしはいったい何を捜していたんだろう。

――若い頃、テーマに行詰まったら、砂丘へ行けばいい、と言ったものだった。裸の女のように横たわる広大な砂丘は、砂と空と海の典型的単純化の世界で、風景写真の題材としては、どちらを向いても「画」になった。

それをルリに教えたのは、わたしのほうだった。ルリは真剣にわたしの話に聞き入ってたっけ。「いいね、いいね」と、しきりに相槌を打って。そのイメージを、その夢をさらに膨らませて、ルリもまた、砂丘を目指していったのだ。

わたしはさらに本棚に積み重なった砂丘関係の本を取り出す。ページを捲り、自分の記憶をさらに辿っていく。するとその中の一節に目がいった。

――鳥取にいた「カムパネルラ」

このカムパネルラのモデルと言われているのが、倉吉出身の詩人、河本緑石《かわもとろくせき》。盛岡高等農林学校（現岩手大学）在学中に1年先輩の賢治と知り合い、文芸同人誌「アザリア」を創刊、親交を深めた。帰京後は県立農学校の教師を務める傍ら、詩人、俳人として活躍。だが、昭和8年（1933年）、八橋海岸での水泳実習中、溺れた同僚を助けようとして水死した。

カムパネルラが、あのカムパネルラのモデルが、鳥取にいたなんて。この偶然の符合。しかも、「溺れた同僚を助けようとして水死した」という事実。その言葉を反芻すると、もうわたしはじっとしていられなかった。

オボレタドウリョウヲタスケヨウトシテスイシシタ。もしかして、わたしには欠けていたんじゃないだろうか。水に飛び込む勇気が。身を挺した行動が。ずっと捜そうとしていたことは、上辺だけのことにすぎなかったんじゃないだろうか。

そう思うと、急にいま行くべきところがわかったような気がした。あそこに行くべきなんだ。あの場所に、わたしも。

第四章　銀河鉄道で

I

翌朝、まだ朝靄が煙る中、旅支度を調え、リュックを担いだわたしは、カムパネルラを連れて蛯原さんを訪ねた。

少々早い時間だし、いくらお年寄りとはいえ起きていないかもしれないいんじゃないか、と恐る恐る縁側を覗いた。するといきなり、立木の影から蛯原さんの顔が横にスライドするように現れてびっくりした。どう表現したらいいのか、太極拳ともラジオ体操ともつかない妙な空気感を持った体操の最中だった。そのゆったりとしたリズムに陶酔するかのような雰囲気に声をかけるのを躊躇したが、思いきってしばらく出かけることを告げると、蛯原さんは頷いて、「そうかい」と微笑んで、カムパネルラの頭を撫でた。

「居場所がわかったのかい?」

「いえ、そういうわけじゃないんですけど」

わたしは口ごもったが、蛯原さんは、相変わらず微笑んだまま。

「そうかい。でも、そろそろ、そんなこと言いだすころだと思っとったよ」

「えっ！」

わたしは、何を見透かされたのだろうと、驚いて思わず声を上げた。

「昔の人は言ったもんじゃ。『困ったことがあるときは、旅に出て悩みを忘れるがいい』とな」

「はあ？」

蛯原さんは飄々と言った。

何を言われるのかと少々身構えていたが、無邪気な表情に調子が狂わされた。やはりこの人はいつもこういう調子なんだと納得しつつも、いささか落胆した。それでも、わたしは言いたいことがあったので、気を取り直して切りだす。

「そんな諺があるんですか？　そういうことなのかどうなのか、よくわかんないんですけど」と、そこでいったん言葉を切って、

「こんなこと言うと、ちょっと絵空事じみてるかもしれませんけど」

とさらに慎重に様子を窺う。蛯原さんは相変わらず微笑み、大きく頷いていた。それでわたしは思いきって言うことにした。

「もし、ルリが銀河鉄道で出かけたんだとしたら、わたしも行こうと思ったんです。乗り遅れた銀河鉄道で」

「えっ?」

今度は蛯原さんが不思議そうな顔をしたので、わたしも気まずくなった。が、またすぐに微笑んで、つぶやいた。

「そうかい。銀河鉄道か、いいじゃないか。そう思ったかい。ならいい。人が何かを決意したときは、それはどんなことにせよ、やるべきことだ。しかも、ひとたびやろうとした以上、どんな場合であろうとも遅いなんてことはない。決めたときが実行するときだ。そりゃ、行ったほうがいい。行くべきだ」

それを聞いて、わたしはやっとほっとした。

「行ったところで、ルリはいないかもしれないし、見つからないかもしれないですけど。それでも、たぶんルリが行ったであろう場所に、自分も立ちたいと思ったんです。そこで自分もルリの感じたであろう何かを感じたいんです」

蛯原さんは微笑みを浮かべたまま、黙って聞いていた。

「そこが実際にルリが行った場所じゃなかったとしても、ルリが感じたことを、自分も感じなきゃ何もわからないと思うんです。そして、助けにも何もならないと」

わたしは繰り返して言った。蛯原さんは満足そうに頷いていた。

「覚悟はできたってことだな。なら、気をつけて行っておいで。サウザンクロスに到着できること、信じとるよ」

最後に気になることを言われて、また不安が頭を擡げたが、もはや引っ込みのつかないところにいたわたしは、「それじゃあお願いします」とカムパネルラを引き渡し、別れを告げた。

そして、わたしはまたルリの部屋を訪れた。

ルリの机の前に立ち、そこに並ぶ宮沢賢治の文庫本を何冊か摑み、自分のリュックに詰め込んだ。さらに並んでいた携帯用の時刻表も取り出した。思わず、アナログ派のルリらしいなと思った。そう言いながら、わたしもそれに倣っているのだけど。

それから金沢駅に直行すると、わたしは北陸本線の上り特急サンダーバードに乗り込んだ。リュック一つとカメラを荷物棚に納め、座席に深々と腰を下ろすと、ルリも眺めたであろう携帯用の時刻表を捲って、この先の旅程に思いを巡らせた。

わたしはルリの居場所を突き止めたわけでもないのに、なぜか希望に満ち溢れていたし、何か確信めいたものを持っていた。まかり間違えば、それはとんでもない勘違いで、迷路に向かっていくだけなのかもしれないが、わたしには、もう、自分の思い描くあの場所しか見えていなかった。

出発の合図をする電子音が鳴り響き、ガタン、と身体を大きく揺するように電車が動きだすと、気持ちも昂り始めた。時刻表に挿入されている見開きの路線図を改めて見る。路線を順に辿っていくと、ページを目一杯開いて覗き込み、地図上のルートを指でなぞった。

北陸本線を金沢から敦賀まで上り、小浜線に乗り換え、日本海沿いを西舞鶴へ。そこから京都丹後鉄道に乗り換え、天橋立を通過して、終点豊岡まで。豊岡からいよいよ山陰本線に入り、各駅停車で、目指す鳥取まで待ち時間も含めて約九時間の旅だ。このやっかいな乗り換えは、果たしてうまくいくのだろうか？

別の線で早く行くことはできるのだが、わざわざ日本海沿いを走る路線を選び、凹凸のある海岸線を乗り換えに次ぐ乗り換えでなぞっていく。

早く着くことが目的じゃない。このルートを辿ることで、自分が見落としたものがないか見つけたかった。一駅一駅辿りながらひとつも漏らすことなく、そこに流れる時間を、空気を、感じたかった。とにかくそうすることで、ルリが過ごしたであろう時間を、少しでも追体験できるような気がした。

車窓を流れる田圃や瓦屋根、緑深い山の景色。規則正しく刻む振動を感じながら、いま、自分が向かう先を見つめた。

しばらく走ってから、ルリの部屋から持ってきた『銀河鉄道の夜』を読み始めた。

昔読んだはずだけど、いまひとつ感動できなかった『銀河鉄道の夜』を。新鮮な気持ちで、初めて読むように……。

それは、主人公ジョバンニの学校の授業風景から始まる。先生は、一生懸命「銀河」について説明している。朝夕の仕事に疲れてぼおっとしているジョバンニは先生に当てられるが、質問に答えられず、クラスメイトに笑われてしまう。代わって指名された友人のカムパネルラも、やはり答えられない。しかしその銀河というものが、たくさんの小さな星でできていることを先生に教えられているうちに、かつてカムパネルラの家で観た雑誌の中に、そんな写真があったことを思いだした。当然カムパネルラが知らないはずはないのに、ジョバンニのことを気の毒がってわざと答えなかったに違いない。ジョバンニはそう思うと、逆に堪らない気分になるのだった。

授業が終わると、子どもたちは今夜の星祭りのことで盛り上がっているが、ジョバンニは一人、いつものように活版所で働き、銀貨をもらう。臥せっている母親が待つ家に帰ると、届くはずの牛乳がないことに気づく。その牛乳をもらうため、ジョバンニは急ぎ町へと走る。

すると、星祭りで賑わう町の十字路で、ジョバンニはクラスメイトたちにばったりと出くわしてしまう。例によってからかわれるのだが、その中にカムパネルラがいるのが見えたことでジョバンニはいたたまれなくなり、その場を走り去った。

疲れきって黒い丘の頂に寝ころび、悲しい思いで星空を眺めていると、どこからか汽車の音が聞こえてきた。と同時に、辺り一面が光り輝いた。眩しさに目を逸らすと、ジョバンニはいつの間にか銀河鉄道の車両に座っているのだった。そして目の前の席にはカムパネルラが座っている。

不思議な出来事に戸惑うジョバンニだが、車窓からは青白く光る銀河の岸に銀色の空のすすきが、まるで一面、風にさらさら揺れて動いて波を立てている様子が見える。「月夜でないよ。銀河だから光るんだよ。」ジョバンニはそれだけで全て忘れて、もう有頂天になっていった。

さらに、すばらしい紫のりんどうの花が見えると、「ぼく、飛び下りて、あいつをとって、また飛び乗ってみせようか」などと、いつの間にか調子に乗っていく。が、それに反してカムパネルラは、「ぼくはおっかさんがほんとうに幸になるなら、どんなことでもする。けれども、いったいどんなことが、おっかさんのいちばんの幸なんだろう。」などと悩んでいる。

通過する駅のホームには、各駅停車の電車が停車していて、通勤途中のスーツ姿の人や学生が乗り降りしている様子が見える。

車窓から見える家々では、布団を干す主婦がいたり、犬の散歩をしている人、畑の中で作業する老農夫の姿が見えた。あの人たちにとっては、いつもと変わらない何気ない日常の朝の一コマで、わたしはそれをただ眺めている。まるで日常という時間から外れた傍観者として。

途中、この列車にも、荷物を抱えたビジネスマンふうの人やリュックを背負った学生らしき人たちが乗り込んできた。皆無言で淡々と座席に着いている。あの人たちそれぞれはそれぞれの目的のためにこの列車に乗ってきたのだろう。それぞれ自分の時間軸で動いている人たちが一緒に乗り合わせる不思議を感じる。

そんな中、平日でそれほど混み合っていない車内に、まだ幼い女の子を連れた若い夫婦の姿があった。休みをとって実家にでも行くのだろうか。ちょっと通路側に首を傾けると、左斜め前の席でお母さんの膝に身を預け寝ている幼児の姿が見えた。夫婦は子どもの様子に顔を見合わせ微笑んでいた。

その光景を見ているうちに、わたしは自然とカメラを手にしていた。じっとその様子を見ていると、小さな子は目を覚まして、無邪気にあくびをした。そして、とろんとした目で、辺りを見回していた。すると、ふとわたしと目が合った。

わたしは精一杯おどけた表情をして、その子とコミュニケーションをとろうとした。最初はきょとんとしていたその子も、わたしが次々と繰りだす表情に、次第に顔を綻ばせ反応し始めた。ついに笑みがこぼれると、いったん母親のほうに身を捩り、隠れるようにして、またこちらを窺うのだ。その表情をカメラに収めた。

母親が気づいたので、「写真撮らせてください」と声をかけた。母親は笑顔でそれに応え、女の子の手を取って、こちらに向かって手を振らせた。それを見て、またシャッターを切った。わたしの表情も自然と綻んでいた。

ごくありきたりのことかもしれないけど、いちばんの幸いって、やっぱり、あんな姿なのかもしれない。いまの時代ではそれすら見られなくなって、当たり前のことが難しくなって、どこか郷愁じみた気恥ずかしさすら感じてしまうけど。

たぶんわたしにもそういう感覚は欠けていたと思うのだが、あの子の安心感こそ、本当の幸いに違いない。それが全ての原点だと信じたい。わたしは祈るような気持ちで、その親子の様子をしばらくじっと見つめていた。

列車はまだ福井の山間を走っている。この辺りは険しい峠で、トンネルも多い。日本一長い北陸トンネルも通過する。場所によっては、短いトンネルを何度も潜っては出てを繰り返し、いくつものトンネルを通過する。トンネルに入ると途端に車窓の風景が消え、列車の走る音がトンネル内に反響して、ゴーッと大きく鳴り響く。暗くなった目の前のガラス窓には、自分の顔が鮮明に映しだされる。気圧の影響で耳の中がつーんとして、思わずごくりと唾を飲み込んで修正する。

暗闇に浮かんだ自分の顔をいやおうなしに見ることになる。突然思う。〝わたし〟という存在とは何なんだろう？

ルリ、ルリって言って、彼女のすることを見てきて、憧れを抱き、追いかけて、一緒に過ごしてきたけど、わたしは何を求めて、何がしたいのだろう？　結局、自分がいちばん自分をわかってないいんじゃないだろうか？　ルリと同じ時間や感覚を抱きたいとは言ったものの、本当のところ、わたしはなんのために鳥取まで行くのだろう？

それは、いまとなってはルリの哀しい思い出となった鳥取を知るためじゃない。繰り返しトンネルを通過するたびに、まるで時間を遡っていくようだ。失われていた記憶、幼いわたしを取り戻すため、わたしの原点への旅なのかもしれない。そう、そうでなければならないはず。

ジョバンニたちは、南十字（サウザンクロス）を目指して進む列車で、さまざまな体験をする。白鳥の停車場で降りるとプリオシン海岸で、百二十万年前の地層を発掘調査する大学士に会い、鷺を捕まえる人にお菓子のような鷺を食べさせられたりした。また、もうじき鷲の停車場というところで、氷山にぶつかって沈没した船に乗っていたために天に召されるという姉弟とその家庭教師に会った。その話は悲しみに満ちていて、お父さんにもう会うことができない幼い姉弟を憐れむものだった。

「なにがしあわせかわからないです。ほんとうにどんなつらいことでもそれがただしいみちを進む中でのできごとなら峠の上りも下りもみんなほんとうの幸福に近づく一あしずつですから。」

灯台守が慰めていた。

「ああそうです。ただいちばんのさいわいに至るためにいろいろのかなしみもみんなおぼしめしです。」

青年が祈るようにそう答えた。

しかし、そんなときでもカムパネルラが女の子と親しそうにしているのにジョバンニはやきもちを焼いて、不機嫌になる。だから、「新世界交響楽」の微かな旋律が流れてきても、ちっとも楽しい気分になれない。そして、わかっていてもどうにもならない自分の卑小さに嫌気がさしてくる。

ああ、と思わず溜め息が出る。それは、まさしくわたしのことではないだろうか。もしかして、ルリの本心を知ろうともしないで、嫉妬心に苛まれていたのはまさしく自分だ。そう思うと胸が痛む。

もうすぐサウザンクロスとなったとき、天の川の川下に青や橙やあらゆる光でちりばめられた十字架が、まるで一本の木という風に川の中から立ってかがやき、その上には青じろい雲がまるい環になって後光のようにかかっていた。

　みんなそれを見るとお祈りを始め、「ハルレヤ、ハルレヤ。」明るくたのしく声が響き、さわやかなラッパの声を聞いた。そしてみんな汽車から降りて、列を組んで天の川に導かれて行った。

　みんながいなくなり、すっかり二人きりになったジョバンニとカムパネルラ。ジョバンニは言う。

「僕もうあんな大きな暗の中だってこわくない。きっとみんなのほんとうのさいわいをさがしに行く。どこまでもどこまでも僕たち一緒に進んで行こう。」

　カムパネルラは返事をするものの、その天上に母親の姿が見えると言ったきり、姿が見えなくなる。それを知ると、ジョバンニは咽喉いっぱいに泣き出した。辺りがいっぺんにまっくらになったと思うと、ジョバンニは目を覚まし、もとの丘の草の上に横たわっていた。

　ジョバンニははね起きると丘を下り、母親の牛乳を取りに行った。大通りを通りかかると、十字路に人だかりができていた。近づいてそばにいる人に何があったのか尋ねると、子どもが水に落ちたという。それを聞いて、ジョバンニは夢中で橋のほうへ走る。そこでジョバンニは、カムパネルラと一緒だったマルソを見かける。そこで彼が言うには、カムパネルラがザネリを助けるために川に入って、そのまま姿が見えないということだった。ジョバンニは直感的に、カムパネルラはもうあの銀河のはずれにしかいないという気がした。

カムパネルラのお父さんの前に立つと、お父さんは挨拶に来てくれたと思い、お礼を言った。そして、ジョバンニのお父さんがじき帰るはずだと言ってくれた。ジョバンニはいろいろなことで胸がいっぱいになって、わけもわからず母親のもとへと走っていくのだった。

わたしは読み終えた本を閉じて、座席の折りたたみテーブルの上に置いた。なんとも言えない切ない余韻に浸っていた。なぜだか、昔読んだ印象とはずいぶん違うように感じる。ストーリー展開はすでに知っているわけだし、そこに新しい発見があったわけじゃないけれど、妙に心が揺さぶられた。

よくよく考えてみると、河原のサファイヤとかトパーズの宝石だとか、りんどうの花だとか、いままで気に留めていなかった描写の一つひとつが、美しく豊かなものに感じられたからかもしれない。

またこの物語の中には、「天気輪の柱」や「橙色の三角標」など、描かれてはいるもののそれが具体的にはわからないものがいくつも出てくる。しかし、それら一つひとつが作品を構成するうえでなくてはならないものであり、より作品を輝かせている。つまり、現実には想像できないものを感じるには、もっと感覚を鋭敏にして、五感を働かせろと言われているのかもしれない。

もしかしてルリは、そんな見落とされがちな部品を拾い集めていたのだろうか。そもそもこの本は、ルリの集めていた中ではどういうバージョンにあたるのだろう。ブルカニロ博士は出てこなかった。出てくるとしたら、ジョバンニが目覚めたところで、教え諭すのだろうか？　わたしが昔読んだバージョンと同じなのかどうかもよくわからないが、未完であり、完成形がない以上、それは受け手によって違う物語となる宿命だと思う。もっと違うバージョンではどんな印象になるのだろうか？

ルリは、それらを自分の想像の中で再構築して、自分にとっての、もっと大きな物語を描いていたのかもしれない。

考えながらわたしは、うつらうつらとしてきた。朝早かったせいでいまごろ睡魔が襲ってくる。何度か停車のたびに目が覚めたが、しばらくすると深い眠りに落ちていた。微睡《まどろ》みの中で、規則正しい小刻みな列車の振動を遠くに感じながら、わたしは銀河を旅する物語を反芻していた。とても心地よい眠りだった。ずっとこんな時間が続けばいいのにと思えるような。

眠りの谷間で、急に雲行きが怪しくなり、雨粒が窓を打った。これにはさすがに目が覚めた。

せっかくの天気がどうなるのかと心配したが、雨雲はあっという間に流れ、すぐに雲間から太陽の光が射してきた。と同時に、目の前に虹のアーチが出現した。思わず「狐の嫁入りだ！」と胸を高鳴らせた。

そうだ、そんな夢を描いた映画があったように、もしかしてあの虹の下では、正装した狐の嫁入り一行が厳かに歩んでいるのかもしれない。でも、それを垣間見ることは許されない。そっと覗き込んだりしようものなら、気配を察した狐たちの視線が射るように突き刺さる。怖い。そうだ、この世には、決して見てはならないものが存在するということなのだ。陽の光にキラキラ輝く、ガラス窓を伝う雨粒越しに見る虹の、あまりの色の鮮やかさに、これこそ夢じゃないかと思った。

東舞鶴に着いてからは小刻みな乗り換えのため、寝過ごさないように、少々緊張感が戻ってきた。京都丹後鉄道に入ると、リュックから弁当箱を取り出し、昼食をとった。昨日の残りのご飯とおかずを詰め込んだものだったが、風景が新鮮だからか意外なほど美味しく感じられた。子どものころ、遠足で食べるおにぎりが、妙に美味しく感じられたのに似ていた。

それからというもの、いろいろな景色が行き過ぎるのを見落とさないように、ずっと車窓から見つめ続けた。川を渡る長い鉄橋を越えたり、若狭湾を右手に眺めながら海岸線を走ったり、駅のホームが海を眺める展望台になっているという珍しいところもあった。

見慣れない風景の一つひとつが心地よく通り過ぎて、新鮮な気分にさせてくれた。そこには自分を遮るものなど何もないように思えた。わたしはすっかりこの時間、この空間に浸っていた。その満足感は、このままこの旅が終わらないでほしいという思いに膨らんでいった。夢ならば醒めないでほしい。しかし、ジョバンニの夢もついには覚めてしまったように、目的地を目指す旅には、常に終わりのときが来る。

Ⅱ

それなのに、いざ終着点の砂丘を前にしたとき、わたしはその場所に不思議な違和感を覚えた。目指してきたものが、呆気なく目の前にあり、写真や絵のような平面でない砂の質感、圧倒的な量感が、この目に飛び込んできたからかもしれない。

鳥取駅からは砂丘行きの路線バスに乗り換え、二十分くらいで到着した。市街地を抜け、小高い丘のトンネルを潜ると、道路沿いに松林の連なりが見えてきた。そこから道はさらにゆったりと上り、丘を登りきると、展望台のある砂丘センターという建物の前に停車した。

バスから降りると、さすがにここまで長時間座席に座り続けたせいで疲れが出た。解放されたとたんお尻や腰が痛く、身体中がだるかった。その場で大きく伸びをすると、つられてあくびも出た。

駐車場には、観光バスや乗用車が数台停まっていたが、そろそろ帰る人たちが車に乗り込んだり、走り去るものもあったりした。

わたしはそれらを見送り、逆行するように一人リフトに乗り込んだ。眼下の道路からの高さを気にしながらも、前方の眺めに吸い込まれるように感じた。が、リフトを降り、いざ砂丘の入り口に入っていくと、なんとも言えない違和感が襲ってきたのだ。実に当たり前のようにそこにあることの不思議。もしかして、見るということは、思っている以上に身体全体の感覚なのかもしれない。

目の前に広がる砂丘に対峙し、そのパノラマをゆっくり見渡していくと、まず、手前から緩やかな下りのスロープになっていて、少し先のほうには、砂丘とはいえ、うっすらと緑がかった植物に覆われている部分も見えた。

そこから左手に目を移していくと、すり鉢状になった起伏がある。そこからいくつかの流れるような起伏が入り組み、また大きな起伏を形成している。

そして、正面奥には「馬の背」と呼ばれる大きな瘤みたいな起伏が城壁のように聳えていた。周囲の起伏を睥睨するかのような存在感だった。ゆったりとした曲線の流れが、自然とその麓へとわたしを導いていく。かつて、ニワハンミョウに魅せられ、砂丘に入り込み、そこで女との生活に取り込まれていく男の物語があったように、そこにわたしも踏みだそうとしている。

すでに陽は暮れかかり、観光地とはいえ、辺りの人影も疎らだった。帰るのだろうカップルが目の前を通り過ぎていく。これから砂丘に入っていこうとするような人は、ほかには見えない。「馬の背」の麓の抉れた部分は長く大きな影になっていた。

わたしはしばし、その光景に魅入られたように動けなくなった。

はっと気づくと、慌てて、リュックからライカを取り出した。ストラップを首からかけ、さっそくファインダーを覗いた。フレームを確認すると、何もしないのにいきなり画になっていて驚いてしまう。自分の胸の昂りを感じる間もなく、最初のシャッターを切った。

カシャと柔らかい振動を指先に感じると、ファインダーから目を外して現実の風景に視線を戻した。が、何かを確かめたくて、また構えて、すぐ次のシャッターを切った。さらにもう一枚。何度シャッターを切っても、余韻に浸るというより何か違和感が残った。なぜだか撮っているというより、撮らされているという感じだった。

そこで大きく深呼吸すると、いよいよ砂丘へと足を踏み入れた。砂の感触は初めはさらりとしたものだった。二歩、三歩と足を運んでみても軽快そのものだ。

しかし、次第に傾斜を下っていくにつれ、足にまとわりつくような重さを感じ始めた。

奥へ奥へと進むにつれ、砂の表面を風紋が彩っているのが目に入ってきた。その幾何学模様のような砂の筋を目で追っていくと、ずっと先まで幾重にも連なっているのがわかってくる。ところどころ、さまざまな人たちによって踏み荒らされたであろう足跡があるが、それもまた風によって新たな風紋の下に隠されてしまうのだろうと思うと、自然を動かす巨大な力のようなものを感じずにはいられない。どの風紋も似ているようで微妙に変化して連なっている。面白い文様を見つけると、途中で立ち止まり、シャッターを切った。

撮っていくうちに、これらの断片断片が寄せ集まってこの巨大な砂のキャンバスができあがっていることに改めて思いを馳せた。繊細なディテールがおおいなるうねりを創りだす。もしかしてルリも、そんなおおいなるうねりが、見えていたんじゃないだろうか。それが、何かが動きだすことへとつながっていこうとしていたんじゃないだろうか。ルリの思いの一端に触れたような気がした。

たとえばルリがいなかったとしても、自分はいまこの場所に存在するだろうか？　でもここに至るまでを遡っていけば、結局ルリの存在に行き着くしかない。ルリを抜きにして、やはり自分は存在しない。そして、わたしがいるから、ルリもいる。

いつの間にか「馬の背」の麓に立っていた。急峻な傾斜が目の間に聳えている。わたしの前に立ちはだかる巨大な壁のようにも思える。しかもその表面は風の影響や、人が歩くことで、刻々とその姿を変化させている。近づけば近づくほど変化のさまが見えてくるが、遠目にはいつも変わらない砂丘の姿として見えるというのは、ある意味理屈に合わない奇妙なことだ。

これが、何かを描かれたがっているキャンバスなのだ。砂が無言で威圧してくる。砂の表面に自分の姿が映しだされるのではないかとすら思ってしまう。まるで、あの〝まるぴぃ〟で対峙したグレイのガラス板のように。ガラス板を認識しようとすればするほど、その物体の実体を摑むことができなくなる。とすれば、この壁を乗り越えなければ何も解決しないのかもしれない。そう思えてしょうがなかった。

この壁の向こう、コノ壁ノムコウへ。これは、自分自身にとって乗り越えるべき壁なのだ。わたしは身構えると、頂を見上げ、シャッターを切った。

いよいよ、足は斜面へと踏み出した。思ったより急な傾斜だ。砂に足を吸い込まれるように深く足が沈む。これには、わたしも足を取られる。

ぐっと踏ん張って後ろ足を引き抜き前へと出す。それまで気にならなかった背中のリュックの重みを感じつつ、両手を使って一生懸命身体のバランスをとらなければならない。これでは写真を撮るどころではない。

また踏ん張って足を前に出していく。この繰り返しは、蒸気機関車の車輪の回転を思わせる。蒸気の圧力がシリンダーのピストンを動かすことで車輪を駆動していく。ゆっくりとそして力強く、車輪が回転していく。そして、ついに自分の中の銀河鉄道が動きだす。それはわたしをどこに連れていこうとしているのだろうか。高らかに警笛が鳴る。もっと五感を研ぎ澄ませ、と言われているように。

次第に息が荒くなってきた。それでもまた次の一歩を踏み出す。

なんのためにわたしは登るのだろう？　高校時代のルリと彼氏が登る姿を確かめに来たんじゃない。ルリと航太朗がわたしに黙って付き合っていて、わたしに対して悪いと思いつつ、ルリはいなくなってしまった。わたしの知らないことが、まだあるかもしれない。でも、事実を知るために登るのではない。

結局わたしは、常にルリの陰に隠れてきた自分自身を捜しに来たのだ。失われたわたしの記憶、塗り潰されたわたしの過去、わたしの原点を捜しに来たのだ。それを、それをいま。

「馬の背」の半分辺りまで来ただろうか、わたしは息を整えるために立ち止まり、振り返った。傾斜の角度が急なこともさることながら、かなりな高さにいることを実感した。転げ落ちたら大変だ。

果たして本当に、幼いわたしも、両親とこの起伏を登ったのだろうか？　そう簡単ではなかっただろう。当然、父や母の助けを借りて登っただろう。素足に触れる砂の感触は嫌いじゃなかったと思うが、登っていく間は、わけのわからない衝動に突き動かされるように、無心で登ったはずだ。

だけど、きっと、うまく登れないって駄々をこねたりして、結局無理やり登らされたに違いない。そこにはわたしに向かって手を差し伸べる父の手があっただろう。でもいまは、その手はなく、自分自身の意志で登ろうとしているのだ。いや、それでも本当は、差し出された手を求めている。その温もりを。

そんな思いに至った瞬間、わたしは頭を振って思考を振り払い、改めて足を一歩踏み出した。さらにもう一歩。わたしは力を振り絞るように登っていった。もう父の手を求めるべきじゃない。いまは、わたし自身の力で登りきるのだ。どんなに惨めな姿になろうとも。

徐々に頂が近づいてきた。わたしはもう、斜面に這いつくばるように前のめりになって進んだ。もう少し、もう少しと。

一人で登る苦しみから意識を逸らすように、わたしは別のことに考えを巡らせた。あの砂漠の物語。

ピラミッドに辿り着いて宝物を見つけるために砂漠を進んだサンチャゴの運命はどうなったんだっけ？　錬金術師に導かれて、最後には自分の求める宝石を手に入れたんだっけ？　また、地上の天使に恋した天上の天使ダミエルは、地上に降りて人間となって幸せになったんだっけ？　ニワハンミョウに魅せられて砂丘に取り込まれ、女との生活を強いられた男は、結局逃げ出すことに成功したんだっけ？　いくつもの物語たちの結末が頭の中に押し寄せてくる。

その間にも陽はどんどん沈んで、「馬の背」の向こうに消えていくようだ。わたしが登っている斜面からみるみる光が奪われて、薄暗くなっていく。そうやって時間に追い立てられながら、わたしは頂を目指す。ついには、両手を斜面について、四つ足動物のごとく這うように登っていく。

呼吸が苦しくなってくるが、いまやそれは心地よい苦しさだ。いや、楽しく心躍る瞬間だとすら言える。あの銀河鉄道がサウザンクロスに近づいてくるときのように、「新世界交響楽」が流れ始め、人々の「ハルレヤ、ハルレヤ」という祈りの声が合唱のように聞こえてくる。

そんな響きの中、無我夢中になっていると、ただひたすらに頂上を目指す幼いわたしがそこにいた。その瞬間、この世界が自分の全てであって、ほかに何も考えられない。それがわたしの始まりの場所。きっとそれがわたしの原点なんじゃないだろうか。目の前の砂をただひたすら登っていくだけ。その先、その向こうには、光が見えてくるようだ。その向こうには、光が見える。ソノムコウニハ、ヒカリガミエル。

ルリノムコウ。

ふいにエディのラップを思いだした。

険しく立ち塞がる壁、躓き転がり始めた坂
這い上がる坂、また上る坂
手探りの希望胸に抱き懸命に登る
力の限り登る
心の限り叫ぶ、命の限り叫ぶ
ムコウ、ムコウ、ルリノムコウ……
越える明日、輝く未来、
ムコウ、ムコウ、ルリノムコウ……
光輝き、また導く

ひとしきりエディのラップを口ずさむと、思わず苦笑した。ちょっとした苦しみを忘れるくらいの役には立ったと、今度エディに言ってやろうと思った。

ようやく登りきったとき、一気に目の前が開け、夕陽に輝く日本海が飛び込んできた。と同時に煽り立てる風を感じた。海風だ。そしてなぜか一瞬、音が消えたように感じた。全ての音がやんだのだ。それまで駆け巡っていたいろいろな思いが、風とともに過ぎ去るように。

足許を覗き込むと、登ったときと同じように急激な下り斜面で、砂浜の先に色鮮やかに海が広がっている。

思いだした。たしかにこの斜面を喜びのあまり転げ回ったこと。傾斜が急で、でんぐり返ししたわたしは、勢いあまって二回転もしてしまったのだ。幼いわたしによくそんなことができたものだ。

目を海岸線のほうに向けると、海に夕陽がまさに沈んでいこうとしていた。波頭の白さや、夕陽にキラキラ光る波に目を奪われた。ゆったりと動く、海という巨大な容れ物に、自分自身が飲み込まれるように感じた。

わたしは脱力していた。登りきった達成感と、この地上の巨大な蠢きに身を委ねる安心感とでもいうのだろうか。

ふいに、背後に人の気配を感じて振り返った。すると、頂の尾根伝いに歩いてくる人影があった。夕陽を浴びて、長い影を引き連れていた。わたしと同じくらいの年頃で、やはりリュックを背負って、ソフト帽を目深に被ったジーンズ姿の女の子だった。その子は、ただ黙々と歩いていた。わたしは思わず目を瞠った。

ルリだ。その姿は、どう見てもルリにしか見えない。まるで苦しみ抜きながらも、懸命に自分自身を保とうとするかのような歩みだ。どう考えても、いまのルリの姿そのもののような気がしてならない。でも、本当にいまここにルリがいるのだろうか。信じられない。ならば確かめたい。声をかけたいのだが、なぜかわたしは身体が硬直して、声が出てこない。

その子は、わたしの間近まで来ると、よく山登りなんかで見知らぬ人にも挨拶する程度の会釈をして、何気なくわたしの前を通り過ぎようとしている。わたしは、さらにまじまじと彼女を見つめた。見れば見るほど、横顔のラインや鼻筋、俯き加減が、どう見てもルリにしか見えないのだ。思わず一歩近づこうとするものの、彼女はわたしの存在に気づいていながら、とうていルリとは思えないそっけなさで通り過ぎていく。

ああ、やはりこれは他人の空似なのか。第一、ルリがいまここにいるはずがない。あまりにもルリのことばかり考えていたせいで、見ず知らずの人にわたしの妄想が投影されたのかもしれない。

彼女は、わたしがいま登ってきた「馬の背」の斜面をどんどん下っていく。彼女が遠ざかれば遠ざかるほど、改めてこの砂丘の大きさを感じるような気分になる。わたしは脱力するようにゆっくりと砂の上に座り込んだ。すると、広い砂丘の中で、彼女とわたしの距離がどんどん広がっていくのだが、逆に一体感は増していくように思える。この風景の中に流れる血潮を感じ、わたしの中の何かが、脈打って動きだすようだ。

急に、あの犀川の河原に立っている自分を思いだす。あの川音とともに、懐かしく、日常となったあの感覚が蘇ってくるのだ。ああ、あの一体感なのか。そう思うとそこにある全てが愛おしくなり、去っていく人影までもが、自分にとって大事なものに思えてくる。

わたしは首からライカを提げていたが、その後は何も撮らなかったし、何も撮る気分になれなかった。それよりも、その感覚に浸っていたかった。わたしは、ただ、その彼女の影が小さくなるまで見送っていた。

その日は、ルリも昔泊まったという砂丘に隣接した民宿に宿泊した。

夜、屋上から月に照らされた砂丘を見つめた。驚くほどの静寂と同時に、ルリがここで感じたであろう喜びも悲しみも、何もかもが真綿のようにふっくらと大きい砂のキャンバスの中に飲み込まれているのだと思った。そのままどれくらい時を過ごしたのかわからないが、かなり長い時間だったと思う。

Ⅲ

翌朝、わたしは帰路についた。もう砂丘には目もくれなかった。そそくさと荷物を纏めて、バスに乗り込んだ。

帰りの電車では、不思議なほど清々しい気分で、あっという間に金沢に到着した。実際、ゆったりしていた行きに対し、帰りは大阪から特急という最短ルートで金沢まで帰った。

着いたその足で蛯原さんの家を訪ねた。

蛯原さんは、カムパネルラとともに縁側で迎えてくれた。

「どうだったかな、旅は？」

「旅って言えるのかな？　たった一泊なんですけど」

わたしは照れて答えた。

「なんだか、すっきりした顔をしてるようだが」

蛯原さんは、わたしをまじまじと見た。

「えっ？　そんなふうに見えます？」

わたしは、意外な言葉に驚いて訊き返した。

「ああ。いい旅をしてきたようだ」

蛯原さんは微笑んでいた。

「でも、ルリのこと、結局何もわからなかったし、手がかりすら摑めなかったんです」

「そりゃ、そうじゃろ。そんな簡単なもんじゃないだろう。まあ、いいじゃないか。大事なのは、まず自分の目で見、肌で感じて、納得することじゃ」

蛯原さんは微笑んで、カムパネルラの頭を撫でた。

わたしはそう言われて、急に自分の気持ちが楽になるのを感じた。無性にカムパネルラが愛おしくなって、そばにしゃがみ込んで蛯原さんと一緒になって頭を撫でた。カムパネルラは突然のことに驚き、身体を捩り尻尾を振った。わたしはなんだか嬉しくなった。

そんなわたしを見て、蛯原さんは言った。

「行く前に『困ったことがあるときは、旅に出て悩みを忘れるがいい』という諺があると言ったが、実はもう一つあってな」

「ええ？」わたしは、改まって相槌を打った。

「『どこを旅しようと、己からは逃れられない』という言葉もあるんじゃ」

「己からは逃れられない……」

わたしはドキリとした。そうだ、わたしはルリの面影を追いかけてずいぶん遠くまで行った気になっていたけど、それは単に自分の知らなかった自分自身の奥深い闇を旅してきただけだ。あの銀河鉄道が遠くまで旅をしたように見えて、ある意味どこにも到着しなかったように。

やっぱり、何もかも見透かされていたようだ。蛯原さんにとって、それは最初からわかっていたことだったのかもしれない。そういう運命だと。

「もしかして、蛯原さんって……」

わたしは探るような目で、蛯原さんのほうを見た。

「ん？」

蛯原さんは、不思議そうにわたしを見返した。

「ブルカニロ博士だったりして……」

蛯原さんは黙っていたが、少々間を置いて、「かもね」と言って大きく笑った。つられてわたしも笑った。

わたしは、さっそくカムパネルラを連れて、犀川の河原に散歩に出かけた。

河川敷の芝生の上を川に沿って歩いていくと、わたしの気分がカムパネルラにも伝染したのか、妙に浮き浮きした足取りで歩く。力強い「男川」の川音を聞くと、いつもの場所に戻ってきたというような、不思議に落ち着く気分だ。

桜はそろそろ盛りのころを過ぎて、徐々に散り始めていた。こんもりと花が咲き誇っていた枝はところどころに緑の葉が見え始め、散り落ちたところからは空の色が見えた。残り少ない花弁もときどき吹く風に次々と舞って、桜吹雪となる。人気《ひとけ》のない夕暮れ時だけに、もの寂しい情景だ。

藍さんが来てからほんの数日のことにすぎないのに、あれからずいぶん時間が過ぎたような気がしていた。しかしわずかな間とはいえ、確かに時間は過ぎていったのは事実だ。散っていく花弁のように、もう今年の桜は戻ってはこない。その散り際の美しさが際立っている。その儚さに、柄にもなくふと生と死の間について考えた。正反対でありながら、それは常に隣り合わせにあるものだ。いま絶えず聞こえている川音で隔てられた此岸と彼岸のように。花弁はその間をひらひらと揺らぎながら落ちていく。

わたしは河川敷の開けた場所で立ち止まった。前方の桜橋の向こうに医王山が見える。いつもの景色だ。わたしは、思い出したようにポケットから「瑠璃」を取り出した。

それを目の前に翳し、前方の桜橋の向こうの医王山に照準を合わせた。果たして、自分の〝ミライ〟は、見えるようになったのだろうか？

桜舞う景色が、ぐにゃりと歪んで見えた。こうして風景を歪ませることで見えるのは、見せかけの姿を剥ぎ取った本来の姿だろう。とすれば、歪んでもなお見えているものこそが、そのものの本質だと言えないだろうか？　つまり本質を見ることの先にしか〝ミライ〟はないんじゃないだろうか。ルリはそれを見て、感じるために「瑠璃」を翳していたんじゃないだろうか。

いま、こうしてここにあるということは、そこにある桜にしろ、医王山にしろ、さらに言えば自分自身にしろ、そのどれもが完全な姿、完全な存在であると思いがちだ。だがそもそも「いま」という時間とは、言葉を換えれば、限りなく完全であろうとする未完のものたちの集合体であるとも言える。

それらは時間の中で刻々と「過去」となって通り過ぎていく。未完の現在が次々と流れ去っていく。完全で静止した「いま」というものはないのだ。

完全になったと思った瞬間に、過去へと消え去ってしまう儚いもの。「いま」とは、常に脈打っているもの。それが生きるということ？　それはまた同時に、なんと恐ろしいことだろう。

カムパネルラが突然うなり声を上げて、リードを引っ張った。

「どうしたの？」

わたしはわけのわからない引きを感じたまま、「瑠璃」で視線を移していく。医王山から桜橋の辺りを見渡す。

と、その中に動く影を見た。ぐにゃりと引き延ばされた細長い影が動いていた。いったいなんだろうと、「瑠璃」を外して肉眼で前方を見た。すると、河川敷の芝生のかなり向こうから、こちらに向かって歩いてくる小さい人影があった。目を凝らしたわたしは、一瞬にして凍り付いたように身体が動かなくなった。すぐに、誰なのかわかったからだ。

それでもと、もう一度凝視する。その人影はゆっくりゆっくりと歩みを進めてくる。一歩一歩確かめるように。別の見方をすると、少しためらいながら歩いてくるようでもあったが。

もう疑いはなかった。決して見間違いなんかじゃない。ぽっかりと穴が開いたように感じていたその風景に収まることで、まさにその空気感が生き生きと戻ってきたようだ。

それまでわたしの持っているリードを目一杯引っ張り続けていたカムパネルラは、

リードをつけたまま、わたしから走り去っていった。何度もその人影に向かって吠えながら。

わたしの頭の中でいろいろなことが、ぐるぐると渦を巻くように思いだされていた。あまりにもいろいろあったせいで、自分はどんな態度で迎えればいいのかわからなかった。怒っているわけではないし、泣きたいわけでもない。かといって、単に喜びたいわけでもない。それでも会いたかったのは事実だ。とにかく話がしたかった。心の底から話がしたかった。

いまの自分なら、ちゃんと受け止めることができると思う。「瑠璃」を見て、何かの兆しに一喜一憂したりするのではなく、ちゃんと現実をそのまま受け止められるように。だから、もう「瑠璃」で、風景を見ることはないだろう。現に、これをくれた本人だっていまはそう思っているに違いない。

ここからではっきりとは確認できないが、リュックを背負って、彷徨い歩き疲れたその姿はすっかり薄汚れているに違いない。だけどきっと表情は晴れ晴れとしているだろう。生と死の間から帰還したものだけが持てる穏やかさで。いまにして思えば、あの砂丘で出会った女の子の姿こそ、まさしく彼女の姿そのものだったのかもしれない。そして、わたし自身の姿でもあったのだろう。それは亡霊とか生き霊の類じゃなくて、何か象徴的とも言える姿だった。

一人、また一人と、何人もの彷徨い人たちが、いまなお同じように砂丘の尾根を歩いているのだ。傷つき彷徨いながらも、歩み自体はしっかりと前に進めていく。そのうえ彼女はいま、身ごもった命を、しっかりと自らの身体に感じているはずだ。あたかもお父さんの命と引き替えのように誕生した命を。伝えようとしながら叶わなかった未練を抱えつつ、自分のものであって自分のものでないような命の重さを。

その感覚が彼女自身を支配しているはずだ。自分の目で見、感じる以上のことはないのだから。それこそ、何かが動きだすという象徴なんじゃないだろうか。きっと、その先にしか、〝ミライ〟はないのだと思った。

そう思うと急に、いま自分にとってこの犀川が、河川敷が、風景が、さらに身近なものに思われてくる。砂丘の頂で感じたように、風景にわたしの血が通っているように感じるのだ。

この風景に誰かの面影を重ね、その上辺だけを追いかけていっても決して捕まえられなかったのは当たり前だ。自分の血を通わせたこの風景の一分身としてわたしは立っているからだ。もう、自分と風景とを区別したりなんかできない。いろいろなパーツが重なり合って、いま現在の空間を創りだしているんだ。

常にいまという時間が未完であるように、自分のどのパーツを組み合わせてみてもそれは未完の集まりにすぎない。だから、それらは常に自分と合致するパズルのピースを探し、響き合えるものを求めている。万華鏡をどんどん回転させていっても、その変化する図像が果てしなく続くように。そう考えれば、この世の中はなんて豊かで美しく、自分にとっていま、この犀川が、自分の世界の中心だって思えてくる。

　きっとそういうことなんだ。そういうことだったんだね。

　走っていったカムパネルラはついにその人に辿り着き、思いっきりじゃれついている。その人も立ち止まり、しゃがみ込んでカムパネルラを抱きしめた。カムパネルラが、顔を舐め回し、楽しそうに尻尾を振り回しているのが遠くからでもわかった。

　それは、あいつの待ち焦がれた瞬間だったのだろう。そのはしゃぎ振りに、決してご主人様を忘れたりはしない律儀さに感心しつつも、軽く嫉妬を覚えた。わたしもいつの間にか、飼い主気分になっていたのかと苦笑してしまう。

　それでも、その光景にわたしの表情も自然に緩み、いつしか笑顔になっていた。と同時に胸の奥に熱いものが込み上げてくる。

　この気持ちの昂りはいったい何なんだろう。わたしの身体全体を包み込む柔らかな空気感。わたし自身が、何かを描かれたがっているキャンバスとなっているのかもしれない。

　わたしに、受け入れる準備ができたのだろう。

　待ち焦がれたときはいま、わたしにも訪れたのだ。

胸に手を当て、込み上げてくるものを抑えるようにして、わたしは河川敷の芝生の上に踏み出し、その人に近づいていった。

了

オキナワン・ラプソディー

熱くない、と、そう感じた。

さっきからみんなの視線は、スポットライトを浴び鮮やかな青いイブニングドレスに包まれた自分に、突き刺すように注がれている。ビデオカメラがいっせいに私に向けられ、フラッシュが瞬く。みんなが一瞬息をのむのがわかる。ここまでは筋書きどおりだ。しかし、もういつ歌いだしてもいいタイミングなのに、一向に喉の奥から声が出てこない。私の冷めた身体の中からは、昂るような熱が湧き上がってこないのだ。

私の視線の先には、純白のウエディングドレスに身を包み、デコレーションで飾り立てられた雛壇に人形のように収まっている妹がいる。私をこの場に引っぱりだしたのは、ひとえに妹の無邪気さからだったが、さすがに今、不安げに顔を曇らせ始めたようだ。

ねえ、いいでしょ。歌ってくれるでしょ。

妹の甘ったるい馴れ合いの言葉に、私は素直になれなかった。私はみんなから祝福される妹に嫉妬していたのだろうか？　この沈黙に、さっきまで会場を満たしていた話し声やけたたましい笑い、そして、卑しいまでに皿を掬う音さえ、もう聞こえなくなっていた。ここまでマイクを通して綴られてきた晴れやかで華やかな物語が突然途絶え、司会者は慌てている。

この事態に、母もおろおろと周りを見回し、挙動が怪しくなってきた。妹の晴れ姿に酩酊し目を細めていた父に至っては、いまだにこの状況がうまく飲み込めないのか、口をあんぐりさせたままだ。

そうだろう、本来ならここで、おお、私の大好きなお父さん、と誰もわかるはずのないイタリア語で劇的な調子で歌い始めるところだし、さらに、ほんとうに心から愛しているのよ！　ああ生命をかけて！　だからお父さん、どうか、おねがい！　と続けば、プッチーニはおろか歌の善し悪しもわからないみんなからお約束の喝采を浴びて、溜飲を下げうるところなのだから。私の娘には、こんな優雅で素晴らしい才能があるのだと。

しかし、父のそんな調教師めいた振る舞いに、飼い慣らされてきたはずの私は反乱を起こそうとしている。それでも自分の立場をわきまえていないことを自覚しているせいなのか、粟立つような感覚が貫いて、全身を硬直させる。きっと今、父の手はわなわなと震えているに違いない。なんでもいいから、さっさと歌え、という言葉を飲み込んで。

これまでも何度か身内の集まる席で、請われてアリアを披露したことがある。あるとき私は、疲れから、素人耳にもわかるような無様な発声ミスをしてしまった。そんなときでも周りの人たちは、私を気遣い賞賛することを忘れはしなかった。しかし父は、なぜか私に代わって受け答えをし、挙げ句の果てに失敗の弁明まで始めてしまうのだ。かと思えば家に帰ると打って変わった態度で、お前の勉強していることはその程度のことなのかと、失敗したことを責め立てるのだ。

私には、父の気持ちがわからなかった。音大を卒業して、さらに声楽の勉強を続けたいという私に対して、そんなことがなんになると、父はずっと反対し続けた。それならばなぜ、音大に行くことを止めなかったのだ。合格を誇らしげに吹聴して、喜んで進学させたのだ。父の言動は全く矛盾していた。お見合いを強要されるに至って、私はついに家を出た。

こんなはずではない。そんなふうに少しずつずれた感覚が、会場を埋めた縁者や友人知人たちの間を渦を巻くように徐々に伝播してゆき、呟きや溜息の不協和音を作りだしていった。

誰かが立ち上がったのか、突然、暗闇の中で大きく椅子を引く音がした。どこかで食器が割れたようだ。

今、私を包む重苦しい空気は無言の圧迫となっていく。私は逃げ場を求めて周りを見回した。もうそこには、妹の姿も、父、母の姿もない。目の前の暗闇の中に並ぶ顔、顔、顔がどんどん人格を失った仮面となっていき、やがてのっぺりとした壁に塗り替わっていく。息が苦しい。私はもがくように身を翻すと、自分に向けられたスポットライトの光の中から飛びだし、無我夢中で出口を探した。

さほど広いとは言えない会場を出るまで、表情を変えずにいようと強く念じていたが、知らず知らず顔は俯いていた。気がつくと、扉の前に式場のスタッフたちがガードするように立ち塞がっていた。私は彼らに遮られはしないかと思わず身を竦ませたが、逆に、目が合った男性スタッフの顔は歪み青ざめていた。事実その人は呆気なく後ろに退き、扉は意外なほど簡単に開いた。その瞬間、私にはわかった。それが今の自分の表情なのだと。

そのとき、背後で誰かの声を聞いたような気がした。

「戻ってこい」

それは私を突き刺す言葉だったが、犬の遠吠えのように遠くに聞こえた。家を出たあの時と同じだった。

それは父の声だった。しかし、それは私の勘違いだったのか、私を止めようと追いかけてくる気配はなかった。

どこまでも赤い絨毯の敷き詰められた廊下を一人行くと、遠くでマイクを通した司会者の声がした。取り繕う言葉でその場は埋められ、「物語」は軌道修正され、再び進行していくのだろう。それは、私からはとても遠い世界のことのような気がした。

表のガラス扉を懸命に押し開けると、南島独特の熱く乾きった空気が一斉に身体を包み込んでいく。自分の体温との違和感に、思わず鳥肌が立った。

太陽はほぼ真上から照りつけてくる。アスファルトの強い照り返しの光が、空港の表の光景から色彩を奪っている。

その揺らめく熱気の中を、ガイドブック片手に歩きだすと、折り返し沖縄本島を目指した一便が、頭上をゆっくりと飛び去っていくのが目に入った。私は立ち止まり、急に辺りが静まり返ったせいもあって、自分との繋がりを喪失するかのような哀惜の気持ちで、その機影が小さくなるまで見送った。

ついに来てしまった。

そのとき初めて私は、ここまで自分を運んできた得体の知れないものに驚いていた。これは情熱というものではないだろう。だとすれば、それはなんなのか。

「お客さん、どこまで？」

突然、停車したタクシーから声をかけられた私は、はっと我に返り、釣られたように「港近くの宿のあるところまで」と、思わず行き先を告げてしまった。日焼けした逞しい体格の運転手は、待ってましたとばかりににこやかに頷いた。

タクシーはゆっくりと空港をあとにして、一本道を走りだした。

すぐに建物らしきものは姿を消し、さとうきび畑の緑や、剥き出しの赤土の色が目にも鮮やかに目に飛び込んできた。私はその強烈な色彩に目を瞠った。

この匂うほど濃い実在感の中で、存在できるのだろうか？　私は圧倒されていた。私は今、明らかに別世界に踏み込もうとしているのだ。

ふと気がつくと、タクシーの前を農具を積んだ軽トラがのろのろと走っていた。あまりの停滞感に、最初軽トラが停まっているのかと思った。なにぶん狭い一本道なので、タクシーはたちまち行く手を阻まれ、後ろにつかえてしまった。それでも軽トラは、一向にスピードを上げる気配はない。運転手を気にしながら、かえって私のほうがそわそわしてスピードメーターを覗き込んだりした。

「お嬢さん」

私の動きに気がついたのか、運転手が口を開いた。私は何か咎められるのかと思って恐る恐る返事をした。

「お嬢さん、テーゲー主義って知っていますか？」

「は？　いえ」

「沖縄の人、のんびりしとるの、そのせいだって言うんですよね」

「はあ」

「あなたも慌てないことね」

運転手はそう言うと、にっこりとルームミラーの中から微笑んだ。その満面の笑みに逆に間が悪くなって、私は歪んだ微笑みを返すしかなかった。

結局タクシーは、軽トラが脇道に折れるまでずっと後ろを走った。

「さあ、着いたよ」

手慣れたものなのだろう、頼みもしないのに有名なリゾートホテルの前に迷いもせずに停まった。私はお金を払い、運転手に礼を言うと、急ぐようにタクシーを降りた。さっきからの、のろのろ運転にすっかり嫌気がさしていた私は、とにかく一刻も早くタクシーから降りたかったのだ。そんな私の挙動を知ってか知らずか、運転手はにっこりと微笑むと、来たときの倍のスピードで走り去った。

私は呆気にとられた。

仕方なくホテルの前で立ち止まって、しばらくそのゴージャスな威容を眺めていた。鋭利な刃物のような曲線を描いて聳え立つ高層の建物。太陽の光を受けて煌めくガラス張りの外壁。ガイドブックで見慣れたその景観は、濃厚な実在感が匂い立つ風土の中では違和感があった。目の前をカップルや若い女性同士のグループが、通り過ぎていく。それはますます絵に描いたような光景となっていく。清潔感に溢れ、綺麗に整えられたこの建物では、かえって人を寄せつけない硬質なイメージがする。今の私にとって、ここは居心地の悪い場所にすぎず、癒されるはずもない。そもそもこんなところに泊まる予定もなかったのだ。

私は一つ溜息をつくと、あてもないのに港を目指して歩き始めた。

舗装された道をしばらく行き、民家や生活用品の並ぶスーパーをやり過ごすと、ぷうんと匂う潮の香りとともに、大小さまざまな漁船やプライベートなボートなどがぎっしりひしめいた船着き場が見えてきた。港に面した土産物店が並ぶ通りには、さすがに観光シーズンだけあって、観光客の姿は多い。しかし、多くの人々とすれ違うが、なぜか印象は同じだ。まるで実感の伴わない風景だ。それらのひとつひとつが、あまりにもはまりすぎた光景のせいかもしれない。

それにしても日差しは強い。無防備な私に容赦なく照りつける。終いには、呼吸さえも苦しくなってくるようだ。さすがに我慢の限界と、土産物屋の中の一軒に入って、お世辞にも洒落ているとは言えないような鍔広《つばひろ》の麦藁帽子を買った。

「観光ですか？」と思いがけず店員に微笑みかけられたように、それを被って歩く姿は、自らの意に反して、いかにも浮かれた観光客然としていたに違いない。島の人たちにすれば、私の拘《こだわ》っていることなどいかにも瑣末なことにすぎず、よそ者はよそ者に違いないのだから。

港の中ほどに、八重山諸島を巡るフェリー乗り場があった。

小さい桟橋にしつらえられた乗り場の屋根の下で、フェリーの時刻表を眺めた。便数は少ないものの、経路は何種類かあった。それを目で追ううちに、いつしか思いはさらに小さな島々の名前を、タイムテーブルの上で繋いだり外したり新たに絡めたりして、目の前に広がる真っ青な海の上に浮かべた。

果たしてこれらの島の中に、探し求めている島はあるのだろうか？

目の前に明確に表示されている島々の略図と、それらを航路で結ぶ赤や青の線が作りだす図形は強固な円環をなしており、付け入る隙などなさそうだった。

それでも私は探しに行くだろうか？

気がつくと、白い船体の中型のフェリーが桟橋に接岸するのが見えた。中から行商のような荷物を抱えた島の人々と、混じるように観光客のグループも降りてきた。

私もあんなふうに船に乗って行くだろうか？

いざその場に立ち、自分自身が立ち竦んでいることに気がついていた。私は気を紛らわすように、港の彼方に見える水平線に目をやった。すると、一瞬全てが静止しているように錯覚させられる。

打ち寄せる波は静かで、心なしか獰猛な太陽もゆったりと傾いていくような気がする。しかし、ゆったりとしながら、私はすでに今日という時間に迫られている。

動きださねば、とりあえず今夜の宿のために。私は桟橋をあとにした。

夕日に染まる港をあてもなく歩いていくと、その外れに印象的な椰子の木を見つけた。それはこぢんまりとした芝生の前庭に立っており、背後に古びたコンクリートが剥き出しの二階建ての建物が控えていた。ミスマッチな感覚だが、もしかして民宿かな、とも思ったが、入り口脇の木看板には「港湾労働者センター」と書かれていた。

あまりにもその風景に馴染みすぎていて気づかなかったが、痩せぎすの老人が一人、表のベンチにぽつねんと座っていた。痩せてはいたが、若々しいショートパンツから覗かせる、日焼けしてすらっと伸びた足は、海の男として、盛りの頃はさぞやと思わせるような筋肉の隆起の名残を感じさせた。老人は何をするでもなく焦点の定まらないまま海のほうを見ていた。

「あのう、すみません」

私の声に、老人はゆっくりと私を見た。

「この辺に民宿ありませんか？」

老人はにっこりと微笑むだけで、何も答えない。

私は聞く相手を間違えたと思い後悔したが、行きがかり上仕方なく話を続けた。

「あのう、安く泊まれるところ、どこか知りませんか?」

「誰が泊まるの?」

「わたし」

「誰と?」

「わたし一人です」

と、念を押すように指で自分を指した。

「ホテルは何軒もあるよ」

老人はそう言って、港の向こうを指した。

「お金、ないんです。あんな、豪華なホテルに、泊まるほど」

いつしか私は、耳の遠い人だと決めつけたように一言一言区切りながら喋っていた。

老人は、ああ、そうね、と興味なさそうに答えると、おもむろに立ち上がり、勝手口らしいドアから建物の中に消えていった。答えを期待して一瞬身構えた私は、それを溜息とともに見送るしかなかった。

しばし呆然と佇んでいると、老人が消えていったドアから、今度はエプロン姿の女将さん風情の人が、ちょっと太めの身体を揺すりながら出てきた。

「あなたなの、お金ない人?」

えっ、と驚き、「そんな、いえ、そこまでは」と、私はしどろもどろになってしまった。いったいあの老人は、何を説明したのだろうか。それでも女将さんはにこやかに、私の説明を待ってくれた。

やっとのことで、貧乏旅行をしているという事情を話すと、じゃあ来て、とばかりに建物の中に手招きした。「観光なのよね？」「ああ、はい」と、私は訳もわからず、女将さんに従った。

この建物は、港の貨物の現場で働く人や、港から港へと船で渡り歩く男たちのための施設であるらしかった。だからというわけでもないだろうが、女将さんに案内されて覗き込むと、至って質素な畳部屋があるだけだった。以前テレビのドキュメンタリー番組で観た、どこかの刑務所のような収容施設に見えた。しかし、背に腹は代えられない。ただで泊めてくれるのはありがたかった。私は、精一杯にこやかに御礼を言って、荷物を部屋の中に入れた。

さっきの老人と女将さんは夫婦で、ここの管理を任されており、公共の施設なので、商売ではないという。今日はたまたま空き部屋があったから、「まあ、いいさ」ということで泊めてくれるらしい。ほかに泊まっているのは男ばかりだけど、気にならなければと、女将さんに念を押された。

食事は女将さんの手料理で、素朴な家庭料理という感じだった。メインは〝ゴーヤチャンプルー〟という、ゴーヤと豆腐と肉とを炒め、卵をからめた独特の料理だ。もちろん、ガイドブックの「食」のページにも載っている有名な郷土料理である。

ゴーヤは苦瓜と言うだけあって、私にはいささか苦い初体験になった。と言いながら、本当は初めてではなかった。幼い頃、食卓に並んだ青々としたゴーヤの映像は、苦い想い出として口元に残っていた。だからそれ以来、機会があっても私は食べることを拒否してきたのだった。そのたびに、父の刺すような視線を感じながら。

しかし、ここは女将さんの恩義に応えるためにもと、意を決して十数年ぶりに、必死にゴーヤを囓り、飲み込んだ。私の周りの男たちは、その様子に気づいたらしく、面白そうににやにやしていた。中には「苦いか？」と覗き込み、大声で笑うおじさんもいた。私は文字どおり苦笑いを返すしかなかった。そうやって匂い立つような港の男たちに混じって、一際目立って食事を済ますと、私は泊めてもらうお礼に、厨房で皿洗いを手伝った。

何枚目かの皿を洗っていると、ふいに、表から三線《さんしん》の音が聞こえてきた。沖縄の三線には多少馴染みがあったのですぐそれだとわかり、ごく自然なものとして聞けた。女将さんに、「三線ですね」と言うと、「あんなことくらいしかうちん人には取り柄がないんよ」と笑った。私は「いい趣味ですね」と答えた。

ひととおり洗い物がなくなると、涼むために表のテラスに出た。外は波の音が間近に聞こえるものの、すっかり闇の中だった。その闇の彼方から、乾いた風が頬を撫でるように吹いていた。

　すると、そこが指定席だと言わんばかりに、昼間と同じベンチに老人がいた。手には、ああこれかと思わせる三線を持って。

　沖縄の三線は、俗に蛇皮線《じゃびせん》と言われるように三味線の銅の部分に蛇の皮が張られている。それがどことなくエキゾチックなムードを醸しだす。幼い私の記憶の中にも、その蛇の皮のまだら模様が一種異様な空気を作りだしていた。私は父が三線を押し入れから出しては、手にとってじっと眺めているのを何度か目撃したことがある。楽器は使わないとすぐ痛むよ、と私が茶々を入れても、弾けないからと、決して音を出すことはしなかったが、お爺ちゃんの形見だからと、とりわけ大事にしていたと記憶している。しかし、ずっと押し入れにケースごと仕舞い込まれていたその中身は、きっとカビだらけだったに違いない。

「〝花ぬ島〟って唄、知ってますか?」

　私は呼び覚まされた記憶から、ごく自然に老人に聞いていた。

「花ぬ島?」

「父がお爺ちゃんからよく聞かされていたらしいんですが、古い島唄だって」

　ふむ、と老人はさしたる反応も見せずに聞いている。

「辺り一面に花が咲き乱れた、小さいけどそれはそれは美しい島なんですって」

老人は、ふうっと息を吐いた。

「知りませんか、そんな島？」

やっぱり、老人の顔は冴えない。

「美しい島といってもな……」

私はちょっとはぐらかされたような気がしたが、すぐに気を取り直し、

「きっと、唄にうたわれたのはすごく昔のことなんだと思いますが、私にはその島が実際に存在していて、きっとまだどこかにあるような気がするんです」

と、思いはいつしか目の前の闇の彼方にあるはずの海へと漂いだしていた。

それでも、ふむ、と、老人の反応は変わらない。

「その人は、島の人？」

「父は本島なんですが、お爺ちゃんは島の出身なんです」

「健在かね……？」

「戦争で亡くなったそうです。日本の兵隊として」

「そうね……」

老人は目を閉じて、祈るように何事か口にした。

老人の顔に深く刻まれた幾筋もの皺を眺めていると、当然、私にはわからない時代のことが、この人にはわかるのだと改めて気づかされた。だからこの老人が知らない

ということは、やはり存在しないのだろうか。私はあまりに簡単に考えすぎていたのかもしれない。この旅ではまだ最初の躓《つまず》きだというのに、落胆は大きかった。

そんな気まずい空気を振り払うように、老人がいきなり三線を弾き始めた。その弦の響きに私が思わず目を瞠ると、追いかけるように老人の嗄れた歌声が響き渡った。

私にとって、外国語のようにしか聞こえない歌詞ではあったが、その声は、三線の弦の震えとともに、一体となって私の心に飛び込んできた。単純に高いとか低いとか形容し難い、ずっと遠くまで響きわたるような声だった。それは、まるで老人が生きてきた時代の呻きだと言わんばかりに聞こえた。

「なんていう曲？」

歌い終わり、余韻を楽しんでいるかのような老人に、私は尋ねた。

「とぅばらーま」

「と、ば……」

私は、なぞるように何度か発音を試みるがうまく言えない。

「どういう意味ですか？」

「意味？　唄に意味はない」

「はあ？」

「心。愛しいという心よ」

老人はそう答えると、私に微笑みかけた。そう言われても私にはわからない。しかし、その微笑みは、意外にも意義を差し挟む余地を与えない。合点のゆかぬまま、まあいいじゃないかと言われているようだ。そんな私の混乱ぶりを嘲笑うかのように、老人はふいに立ち上がり、寝るからと、建物の中に入っていってしまった。

私は一人取り残された。仕方なく船の接岸されている岸壁まで行き、腰を下ろし、もう一度老人の言葉の意味を考えた。しかし、いくら表層的な意味を追いかけても何も答えは出てこない。むしろ先ほどの老人の歌声の、なんとも形容しがたい熱いイメージが、幾度となく船体に当たる波のように沁みてくるのだ。

そんな堂々巡りに息を詰まらせ、思わず溜息をついてしまうと、急に寂しさが込み上げ、人恋しくなってきた。

振り返るとネオンが点々と続いているのに気づき、明かりに誘われるまま、足を向けてみた。

そこで改めて驚いたのだが、それこそ焼き肉屋から中華、寿司屋に至るまで、飲食店が満遍なく軒を連ねていて、立派に歓楽街を形成しているのだ。それどころか、本土の居酒屋のチェーン店がお馴染みの看板を掲げ、堂々と店を構えている。単に私が島の状況について認識不足なだけで、いまさら驚くには当たらないのかもしれない。ここは観光地なのだ。ゲームセンターもあればボーリング場だってある。

また三線の音につられて、とある飲み屋のドアを開けてみると、内部は巨大なカラオケサロンといった感じで、黒々とした顔がボックス席をところ狭しと埋め尽くしていた。よく見ると島の人たちで、それが日焼けなのか潮焼けなのかとにかく赤黒い肌をした男たち、すでに子育ても終わり顔を皺でくちゃくちゃに綻ばせた女たちだった。私にはその笑顔とも泣き顔ともつかない表情が、この島の民芸品店に並ぶ翁の面のように見えた。すると、私は急に自分が場違いな闖入者のように思え、不安に身を固くした。そんな異様なる熱気の中、彼らは沖縄民謡を唱和していた。ついにその熱気に圧倒され、慌てて店を出ると、逆に自分はこの島に何を期待していたのだろうかと思った。

やはり、私の探す島はないのではないか。老人に言われるまでもなく、実は私もわかっていて、単にこの旅に理由が欲しいから、そんな絵空事を弄んでいるんじゃないだろうか。現実の空気の中で、自分の夢想がどんどん萎んでいくのを感じていた。部屋に戻った私は、薄い布団の中で何度も寝返りをうった。

結局あまり寝付けず、翌朝早く目覚めた私は、厨房で朝食の支度をする女将さんを手伝った。ああ、昨夜のはこれだと、恨みの籠もった目で見る私を尻目に、イボイボ頭の青々したゴーヤを切りながら、女将さんは私に嬉しい情報をもたらしてくれた。

ここから車で北へ三十分くらい行ったところに珊瑚礁の綺麗な海に面した村があって、そこに琉球民謡の先生をしている「カナミネのお婆」という人がいる。そのお婆ちゃんが持っている離れの空き部屋に、お客さんを泊めてくれるという。別に商売をしているわけではなく、知り合いから頼まれると、快く貸してくれるそうだ。そのうえ、食事の面倒も見てくれる。お金は、食事の材料費ぐらい払えばいいという。実際、長く泊まっていく人もいるそうだ。中には新婚旅行で来て、滞在する人もいるとか。

本当にそんな気前のいい人がいるのか、にわかには信じられないような気がしたが、女将さんの表情を見ていると、自然と頷いていた。皺でくしゃくしゃに綻ばせているのは、昨夜のカラオケサロンの人たちと変わらないが、女将さんの表情は仮面には見えない。その温もりを知ったからだろう。しかも珊瑚礁の海というのにも惹かれる。ガイドブックの色鮮やかな写真を思い浮かべ、私は胸を弾ませた。

私は老人と女将さんにお礼を言うと、女将さんの知り合いで、これからたまたまその村に行くという中年の女性の車に、同乗させてもらうことになった。その人もやはりカナミネさんの生徒さんの一人で、琉球民謡を習っているそうだ。離れの部屋を貸してもらえるという嬉しい情報も、この人からもたらされたものだった。

表で老人と女将さん、二人揃って手を振って見送ってくれる様は、長身で痩せぎすの老人と小柄でぽっちゃりな女将さんという対照的な容貌ながら、やはり夫婦だからか妙に収まっていて、しかも椰子の木が彩りを添えて、記念写真のひとこまみたいだった。

なんとなく、いいな、と思った。

港から海岸線沿いを北へしばらく走ると、そこだけ明らかにほかとは違う、鮮やかなエメラルドグリーンの、遠浅の海が広がってきた。海岸線を囲むようにリーフと呼ばれる岩が頭を出して連なり、それに白い波頭が砕けていた。これが珊瑚礁の海なのかと、その光景に目を奪われていると、車はたちまち細い路地に入った。そして、赤瓦と石塀に囲まれた民家の中を走り抜けた。瓦の上にちょこんと鎮座しているシーサーが目を惹いた。しかしよく見ると、どの赤瓦も剥げた色をしており、家の外側を守る石垣もところどころ崩れそうなところすらあった。長い年月、風雨に耐えてきたのだろうが、かなり老朽化しているようだった。だから家によってはコンクリートブロック塀になっているところもあった。塀としての形態は維持しつつ、現代的な素材を持ち込んでいる感じだ。それは新しく整備されたようだったが、味わいには欠けた。実際住んでいたら、そんなことは言っていられないのだろうけど。

車はある一軒の家の前で停まった。

立派な石塀から入って行くと、まずぽっかり空いた空間に出くわした。なぜそこにあるのか、と思うほどその空間は、広場とも庭ともつかず、不思議な感じがした。正面は縁側めいたつくりになっていて、玄関は左脇のほうにやや下がった形であった。縁側の引き戸は、どれも無防備に大きく開け放たれていて、ガランとした室内は薄暗く灯りも灯っておらず、人気《ひとけ》はなかった。この家は呆気ないほど簡単に入り込めるが、どこか人を受け付けないものがあるような気がした。

ここまで乗せてきてくれた女の人は、私が車を降りるとき、もし中にいなかったら畑のほうを探してみてと、家の奥のほうを指し、自分は急ぐからとそのまま走り去った。

私は一応その薄暗い家の中に向かって、「こんにちは」と声をかけた。何度か返事を待って繰り返したが、答えはなかった。言われたとおり家の裏側の畑に回ってみたが、そこにも人の気配はなかった。パイナップルの実を抱え込む葉が、さわさわと風に揺れていた。

それにしても異様なくらいに、あたりは静けさに包まれていて、時折遠くから波音が聞こえてくるくらいだった。

私は仕方なく、波音に誘われるまま歩きだした。

少し行くと、舗装された細い路地の突き当たりに、コンクリートの護岸堤防が見えた。潮の匂いはもうあたり一面に漂っていた。あれを乗り越えたらと、想像すると胸は高鳴り、いつの間にか足早になっていた。私は急ぐように堤防の階段を駆け上がった。

一気に目の前に珊瑚礁の海が広がった。

私は目を閉じ、両手を広げ、押し寄せてくる大気に大きく息を吸い込んだ。

すごい、すごい！

見上げた天空にはドームのような天蓋があり、寄せては返す波が、私を、小さく小さく押し潰してしまいそうだった。

私はいてもたってもいられなくなって、砂浜に飛び降りた。そしてゴツゴツとした礫《こいし》の混ざった砂浜を渡った。足元がもどかしくなってスニーカーとくつ下を脱ぎ捨て、ジーンズを捲り上げると、波間に足を入れた。

たちまち心地よい感覚が、皮膚を伝う。珊瑚礁の海岸は貝殻の欠片や珊瑚の死骸が打ち寄せられていて、素足で歩くにはちょっと痛いくらいだ。私は目を閉じ、静かに繰り返す波音だけを聞き、潮の匂いに包まれた風を身体ごと受けた。

私は、心地よく悦に入っていた。すべてが白紙になったようだった。

すると、ふいに風があおり、私の麦藁帽子を吹き飛ばした。しまった、思うが早いか、いきなりつるんとした果実の剥き身みたいな子供の顔が目に入った。その日焼けした顔は、無表情なまま私をじっと見ていた。私の帽子は、紺色の海水パンツ一丁で立ち尽くしている少年と私のちょうど中間に落ちていた。

少年は身を屈め、麦藁帽子を拾い上げると、お礼を言おうと身構えている私を、今度は獲物を見つけた猫のようにじーっと見た。そして、にっと笑ったかと思うと、おもむろに帽子をとんでもない方向に投げた。麦藁帽子はブーメランのように天空に大きな弧を描いて飛んでいった。私はおろおろとそれを追ったが、足元のバランスを崩し、派手な飛沫を上げて波間につんのめった。

びしょ濡れになった私が、膝をついて波間から顔を上げると、砂浜のほうに同じ年頃の別の少年がいて、麦藁帽子を手元でくるくると回していた。その少年は、声を上げて笑っていた。私はむっとなって立ち上がった。すると、少年は慌てて、別の方向に帽子を放り投げた。それが私を取り囲むトライアングルの三点目だというのは明らかだった。捕まえてとっちめてやろうと振り返るとやはりそこには三番目の少年が控えていた。ただその少年は、ほかの二人から見ると、少々幼すぎたようで、背も低く、飛んでくる帽子に身構えるものの、よたよたして、どこか危うげだった。案の定、海風に戻される軌道について行けず、前のめりに波間に突っ込んだ。

一瞬呆気にとられたが、私はすぐに危うい足元を気にしながら、その子の側に駆け寄っていった。抱き起こすと、その子はしばらくじっとしていたが、やっとのことで自分の身に起きたことを知ると、大声を上げて泣きだした。子供などあやし馴れていない私は、ただ必死に背中をさするしかなかった。男の子は、なかなか泣きやまなかった。どうしようもなく、私は所在なさげにさすり続けた。

ふと気がつくと、さっきの二人の少年と、もう二人、新たに現れた女の子にずらっと取り囲まれていた。しゃがみ込んでいると、立場は逆転して彼らから見下ろされており、それが子供たちとはいえ殺気めいたものを感じなくもなかった。さらに黙ったままいる彼らに新たな警戒心を抱きながら見上げると、女の子の一人が「だいじょぉうぶ?」と心配そうに訊いた。ふっと、緊張感の緩んだ私は微笑んで、「大丈夫」と答えた。

そのとき突然、場違いな甲高い声が響いた。

「みんな、おやつだよ!」

子供たちは一斉に、堤防にいるらしいその声の主のほうに向かって走りだした。私は新たな事態の展開に何事かと思いつつも、そのまま男の子を置いていくわけにもいかず、涙を拭い、洟を啜る少年の小さい手を取って、ゆっくり子供たちのあとを追った。

堤防では、先に辿り着いた子供たちが、オバアオバアと、私のほうを指して、堤防の上にいる老婆に向かって騒ぎ立てていた。私は老婆と目が合うと、お辞儀をした。

そのオバアこそが、「カナミネのお婆」だった。子供たちはお婆のお孫さんたちで、一番最初に遭遇した小学校五年生の少年を筆頭に、だい、のどか、しょう、しずか、たくみという五人兄妹だった。夏休みで本島から遊びに来ているのだという。なるほどよく見れば、ずらっと並んだ顔は、それぞれに違いはあるものの、目元の感じや、輪郭などに共通したものが垣間見えた。同じ血筋に生まれた子供たちに違いなかった。

私が港湾労働者センターの女将さんに紹介されたことを話すと、カナミネさんは、「ああ、そうね」と喜んで私を受け入れてくれた。とりあえず離れは空いているからと、いつまでという明確でない申し出にも、嫌な顔一つしなかった。

早速、カナミネさんの家で濡れた服を着替えさせてもらい、みんながパインと口々に呼ぶ、おやつのパイナップルを子供たちと一緒に縁側でいただいた。よく熟れたパインの果肉は、嚙ると途端に口中に甘みが広がり陶然となる。初めて食べたわけでもないのに感嘆の声を上げていると、子供たちはおかしそうに、きゃっきゃっと声を上げた。

すっかり子供たちと打ち解けると、また海岸へ行き、今度は楽しく飛沫を上げ、水をかけあった。こんなに声を上げて笑ったのも、なんだかすごく久しぶりのような気がした。

昼間、そんなふうにはしゃぎすぎたせいか、夕食もほどほどに、子供たちは一人また一人と寝床に倒れ込んでいった。そのうえ、昼間どこに行っていたのか、いや、たとえいたとしても存在感はほとんど感じられなかったに違いない、オジイと呼ばれる老人が夕食前にひょこり帰ってきて、やはり食事を済ますとさっさと奥の寝室に姿を消していった。

一気に静まり返った居間で、「ここでは女のほうが働き者よ」とカナミネさんは笑った。

私も笑い、「楽しいですね」と言うと、「あんたの好きなだけここにいていいから」と、カナミネさんは私の心を見透かしたように答えた。

「ありがとうございます」

私は、素直にそう答えていた。

翌日も子供たちは、私を放してはくれそうになかった。なまじ海岸が近いせいもあって、何かというと一緒に海に行くことをせがまれた。カナミネさんはカナミネさんで、生徒と称する年齢不詳の女たちを座敷に上げて、琉球舞踊の稽古に励んでいたので、私たちは外にいるほうが都合がよかったのだが。私としては、太鼓や三線を伴奏に、唄い、踊る様子をもっと見ていたかった。

この珊瑚礁の海では、干潮になると、海水は驚くほどずっと沖まで退いてゆき、格好の漁場が出現する。

ごつごつした岩盤が剥きだしになり、そこを歩いていくと、藻の張り付いた岩の割れ目に、動き回る小魚やイソガニ、じっと身を潜める貝の姿を見つけることができる。

そこからさらに水辺に向かって進んで行くと砂地になり、徐々に水深も増してきて、触手のように伸びたサンゴがちらほら見え始める。そこで休んでいたりすると、ふいに足の裏をちくちくとつつかれてしまう。死んだサンゴは岩盤になっているが、海中にゆらゆらたゆとう姿には、改めてサンゴが生き物であることを認識させられる。

それにしても子供たちは元気で疲れ知らずだ。次々と遊びを見つけては、それに熱中する。だいとしょう、年長の二人の男の子たちは独立独歩で、それぞれに離れたところで水中メガネをつけ銛を構え、漁を楽しんでいたが、のどかとしずか、女の子二人と一番幼いたくみは、私の側にへばりついて、小さな生物を見つけるたびに声を上げ、捕まえてはいちいち私に報告するように見せてきた。

しかしその遊びに飽きてしまえば、もう生き物には見向きもしなくなる。そして、一人が水面に石を投げて、跳ねる回数を自慢すると、それに挑むように幼い弟も妹も、一斉に石を拾い、投げ始める、といった具合に、新たな遊びを始める。そんなことを日がな繰り返すのだ。

私も幼い頃、わけもなく妹と張り合ったりして、遊んだものだ。もちろんこんな素晴らしい自然こそなかったが、本質的には同じことをした。時代も場所も違っても、それが今も変わらずあることが嬉しかった。

そんなわけで、張りだしてきた雨雲にも全く気がつかなかった。突然だった。大粒の水滴が空からぽつぽつと落ちてきたかと思うと、あっという間に凄い勢いで地面に叩きつけるように降りだした。

子供たちと私は全てを放りだして、堤防沿いの民家の軒下に駆け込んだ。心配そうに空を見上げる子供たち。私は「大丈夫だよ」と子供たちを手元に引き寄せるが、何を根拠にそう言ってるのかというくらい雨脚は強烈で激しかった。

知らぬ間に、私の中にも不安が押し寄せてくる。

妹の結婚式のことを思いだすと、急に胸が締めつけられる。私はどうして素直に妹を祝福してやれなかったのだろう。父を従順なまでに喜ばせる妹を見て、私の心は閉ざされてしまったのだろうか。

一心に身を寄せるこの兄妹たちも、私たち姉妹のように何かを境に、考え方、生き方は変わっていくのだろう。別々の道をいくのだろう。そう思うと、まるでこの子たちの親にでもなったように、ちょっとしんみりしてしまった。そうした心の隙間に入り込んでいると、突然子供たちに呼び戻された。

はっと我に返ると、スコールは去っていた。軒下の雫越しに空が明るくなってきているのが見えた。

雲が流れると、何事もなかったように太陽がカッと照りつけた。私は慌てて元気を取り戻した。

子供たちの手を取り、また海岸に出ていくと、初めて見たように海は新鮮に映る。こんなふうに全てが一度に洗い流されたらいいのに、と思った。

子供たちは、何事もなかったかのように遊び始める。一緒になってイソガニを捕まえていると、いつのまにか沈み始めた夕日に再び不安な思いが呼び覚まされそうに感じたが、これでいい、今は何も考えたくない、そんなふうに振り払った。

その夜、子供たちが寝静まると、私は一人海岸まで散歩した。みんなで騒いだあとは、妙に一人になりたくなるものだ。気をつけて、とカナミネさんは、全てを了解したように私を送りだしてくれた。しかし、外は薄明《はくめい》を思わせる明るさで、暗闇を探す私にとって、どこに闇があるのかという感じだった。

空には真ん丸な月が上がっていた。

昼間見てもサンゴのせいで白く光って見える砂浜は、この月明かりに、さらに銀紗を敷き詰めたように輝いて見えた。キラキラと光る砂が心を和ませてくれた。

その砂浜の奥に、焚き火を囲んだ人影が浮かんで見えた。火の前を過ぎる影は一つではなく、何人かのグループのようだった。騒がしい声が飛び交い、楽しそうな気配が漂っていた。

私は堤防の縁に沿って歩き、その人の輪に近づいて行った。すると凪いだ波間の切れ間から、徐々に歌声が聞こえてきた。

一人真ん中に立って、アコースティックギターを抱えて歌ってるのは、髭もじゃの体躯のいい男。にわかには年齢もわからない相貌だったが、周りには同じ集落の若者たちだろう、酒を飲み、楽しそうに囃したり、手拍子したりしていた。歌はゆったりした曲調で、沖縄民謡を思わせたが、ワールドミュージックにあるような、アレンジされた、紛れもない「今」の歌になっていた。髭もじゃ男の力強い地を活かした歌声は、シンプルで、強く惹かれるものがあった。全てを解き放つ、喜びに溢れていた。私はいつの間にかその歌声に聞き入っていた。聞いていることが嬉しく感じられた。

髭もじゃの男は興が乗ってくるとギターをその場に下ろして、両手を顔の前に挙げ、身体全体を揺らし、踊りながら歌い続けた。いつの間にか歌は変わっていた。

沖縄民謡の中でも早く、短く、リズムを刻む曲調だった。指笛が鳴り、別の誰かが代わって三線を弾きだす。周りの男たちは、ここを山場とばかりにますます囃し立て、手を打ち、一人また一人と立ち上がり、最高潮に達した。男たちは、阿波踊りのようなリズミカルな踊りに興じていた。

私も見ているだけで、自然と顔が綻んでくるのがわかった。

曲が終わると、男たちは一際大きい獣のような歓声を上げた。それを潮に輪は解け、それぞれに家路につき始めたようだった。最後の歓声に圧倒され、思わず身が竦んでいたが、私は思いきって、ざわついた人の流れの中、髭もじゃの男に近づいていった。

「歌、上手ですね」

私のかけた声に、男は拾い上げようとしているギターから手を離し、警戒したような目で顔を上げた。さっきの陽気さとは打って変わった表情に、今度は私のほうが緊張してしまい、二の句が継げない。気まずい空気が流れた。

その様子に気づいた男の仲間が声をかけてきた。

「アニィ、どうした」

近づいてきた男もやはりいい体格をしており、私は二人の大男に威圧されるかのように囲まれた。

髭もじゃのほうは、何事もなかったように黙ったままギターを拾い上げ、砂を払った。仲間の男はちょっと怪訝そうな顔をしたが、私に気づくと、急に笑顔を浮かべて話しかけてきた。

「あんた、ウチナンチューじゃないね?」

「えっ……?」

「どこの人かね?」

「ああ、東京から……」

「そうかあ。わしら、こん地元の者だけど、今は那覇で芝居やったり歌うたったりしてる」

「そうなんですか」

男は、髭もじゃの肩を叩き、

「アニィは、うちの劇団の看板スターよ」

と、言った。

「へえ」と、それでまた話すきっかけをつかんだ私は、髭もじゃに向かって聞いた。

「さっきギターで歌ってた曲、なんて言うんですか？」

髭もじゃは、少し躊躇したような間を置いたが、「とぅばらーま」と、答えた。

初めて口を開いた髭もじゃの声が、その相貌には似つかわしくないほど若々しいのに驚き、さっきの仲間たちと同年代の若者なのだとわかった。

曲調はおよそ似てはいなかったが、聞き覚えのあったその曲名に気づいて、港湾労働者センターの老人の話をすると、「それは唄者《うたしゃ》の師匠だ」と言った。

私は驚いた。師匠。まさかあの老人がそんな特別な存在であるとは。

それにしても、老人の〝とぅばらーま〟とは全然違ったことを話すと、髭もじゃは毅然とした調子で答えた。

「〝とぅばらーま〟は、今も生き続ける歌。古謡ではない。歌詞も歌う人によって違うから、百人歌えば百人の〝とぅばらーま〟があるし、それこそ毎年新しい〝とぅばらーま〟が生まれる」

それでは、ぜんぜん違う歌なのではないかと質すと、「〝とぅばらーま〟だ」と依然として言い張った。なんて頑固なんだと思い、釈然としなかったが、そこでふと、老人が言っていた「心」とはそういうことなのかな、と思い至った。つまり表現は違っても「心」は変わらず、ずっと同じということかと。

「ここへは、遊びで？」

もう一人の男が、そんなことどうでもいいじゃないか、とでも言うように割り込んできた。

私が、カナミネのお婆ちゃんのところでお世話になっていることを話すと、ああ、そうね、とオーバーに相槌を打った。

「わしらも休みを兼ねて戻ってきてるところだから、よかったら島を案内してあげるさ」

髭もじゃのほうは相変わらず表情を変えなかったが、もう一人のほうは陽気で楽しそうだったので、私もつい、「えっ、ホントですか」などと、嬉しそうにカワイ子ぶってしまった。

男は自分をヨナシロと名乗り、アニィと呼ぶ髭もじゃのほうは、キンジョウだと言った。

翌日私は、まとわりつく子供たちを振り払うことができず、約束した村の小学校の門前で一緒に待っていた。４ＷＤで現れた二人の男はさすがに驚いていたが、やっとの思いで車の中に収まると、「なんとかなるさー」と言うヨナシロの運転で車を走らせた。ああ、これがテーゲー主義だな、と私は一人、笑いを噛み殺していた。

車は、南北に細長い島を北上していった。ヨナシロが言うには、これから向かうのは、島の中央部を走る尾根を挟んでこことはちょうど島の反対側に当たるところで、珊瑚礁とはまた違った正真正銘の美しい砂浜を見せてくれるという。そこは穴場中の穴場で、島の人でも滅多に来ない、もちろん観光客なんかでは到底辿り着けないところらしい。私は子供たちとわいわい言い合いながら、ますます胸を弾ませた。

島の北側はずいぶんと雰囲気が違っていて、南島であることを忘れさせるような山懐に抱かれた高原といった風情だった。前方には円錐状に立ち上がった山を戴き、傾斜した土地に畑が広がっていた。

車は、さらにさらにと山を目指すように一本道を進んでいった。なんだか走っているだけで、清々しくなる景観だった。

　そして、一本道がやっと一台通れるくらいの道幅になったところで、道端の畦道に折れていった。

　すでに潮騒が聞こえる崖っぷちに、鬱蒼とした林が現れた。一見したところ、砂浜などあるようには見えなかった。車を停めると、キンジョウとヨナシロはきょとんとした私と子供たちの表情を見て、にやりとしていた。二人は、すでに手柄は我がものと言わんばかりに顔を見合わせると、躊躇なく茂みの中に踏み込んでいった。私と子供たちは、覆い被さってくる木々の枝を、うわあっと声を上げて払いながら、あとに続いた。

　キンジョウはそのまま先頭に立ってずんずん進んでいったが、子供たちの様子を見かねたヨナシロは最後尾に回って、子供たちのフォローをした。荒れた獣道は次第に急峻なジグザグ道になっていった。私は、のどかとしずかの手を取り、バランスをとりながら、木陰をジグザグに下っていった。傾斜とともにみんな足早になっていき、子供たちの声がわあわあと震え、蛇行するように聞こえた。

　そしてついに、大きな岩場に挟まれた隙間から砂浜が見えた。その瞬間、急ぐ子供たちを静止することはおろか、自分自身も制御することができなかった。全員が一斉に白い砂の上に、蜘蛛の子を散らしたように飛びだし、打ち寄せる静かな波打ち際を目指した。みんな、つんのめりそうになりながらも走った。

　ばしゃばしゃと波間に殺到すると、たちまち大きな飛沫が上がる。子供たちの歓声もさらに上がる。その輪の中には二人の男たちもごく自然に加わっていた。みんなんのこだわりもなく陽気だった。ありったけの元気を振り絞り、思いっきり声を上げ、走り回った。

　ヨナシロはもともと親分肌なのか、うまく子供たちを引き連れ遊んでいた。

　すっかり疲れきった私は、いつの間にかキンジョウとともに砂浜に腰を下ろして、その様子を見ていた。キンジョウも楽しそうに顔を綻ばせていて、昨夜のあの緊張した目を見せることはなかった。

　彼の顔を見ていると、今は話すことが無益に思われるくらい、泰然自若とした雰囲気が伝わってきて豊かな気分になれた。それで、私は彼にもあのことを聞いてみたいと思い、話しだすきっかけを伺っていたが、結果的に、話しだしてみるといかにも唐突だった。

「〝花ぬ島〟って聞いたことありますか？」

　言いにくそうな私の言葉に、やはりキンジョウも、「〝花ぬ島〟？」と、頼りなさげに聞き返した。

「古い島唄の中に歌われているらしいんですけど」

「さて、俺は聞いたことはない」

私は、父から聞いたその花に満ち溢れた島の話をひととおりして、さらに港湾労働者センターの老人も知らなかったことを話すと、「それゃ無理だ、唄者の師匠が知らないんじゃ、誰もわかるはずがない。しかも、これだけ観光ルートが発達した今どき、誰にも知られずにそんな島があるとは思えない」とキンジョウは呆れた。やはりあの老人は、相当の唄の名手で通っているらしかった。

私はそれでも、引き下がるわけにはいかなかった。とは言いながら、それはなぜか、自分にもわからなかった。

「でも、きっとあると思うんです。私どうしてもその島に行ってみたいんです」

「本当にあると思うのか？」

「あるはずです。ここにこんな素敵な砂浜が、人の目に触れられずにあるみたいに」

キンジョウは、一度大きく息を吐き出した。

「でも、そこに行ってどうする？」

「とにかく見てみたいんです」

言葉が頑なになっていくような気がする。

「観光気分でか？」

独り言のようなキンジョウの言葉は辛辣だった。

「ひどい、そんなんじゃない。そうしなければいられない気持ちなんです。その島があるということを確かめたいんです」

キンジョウは、明らかに戸惑っていた。こんな乙女チックな空想にと、呆れているのではないだろうか。

「そうだったな、あんたには、ウチナンチューの血が流れているんだよな」

神妙な表情になったキンジョウがふいに、自分が思ってもいなかったことに反応していた。

「えっ」と、どう答えていいのかわからずにまごついている間も、そこに何があるというのか、という面持ちでキンジョウは考え込んでいた。

目の前に広がる水平線にも、島影一つ見えない。おそらくそれは果てのない船旅になるに違いない。私はどういうわけかまた、急速に自信を失っていた。

「お父さんのこと好きなんだな」

やっと開いたキンジョウの口からは、さらに追い打ちをかけるように意外な言葉が飛びだした。

「ううん、そんなことない。喧嘩ばっかりよ」

私は慌てて、打ち消すように答えた。

ふ～ん、と頷きながらも、キンジョウは笑っているように見えた。

その不可解な笑いをよそに、私は改めて父の姿を思い浮かべていた。しかし、どの場面でも思いだすのは父の背中ばかりだ。考えてみれば、面と向かって話したことなどあっただろうか。書斎で机に向かう背中、三線を眺める背中、いつも表情は見えないが、寂しげな雰囲気が漂う。もしかして、その島唄は父の心を癒やしてきたものかもしれない。

それならば、父の寂しさとはなんだったのだろうか？

「探してみるか？」

さりげない言葉が、かえって私を驚かせた。「えっ、ホントに？　ホントに？」と、私は信じられないように何度も問い直した。子供みたいにはしゃぐ私を見て、「俺もその島を見てみたくなったんだ」と、キンジョウは照れ隠しのように繕った。

そのとき、「こら、そこのお二人さん！　何さぼってるんだ」とヨナシロが大きな声で叫び、流れ着いた藻を投げつけてきた。キンジョウはそれを鮮やかにキャッチすると、ヨナシロと子供たちのいる波打ち際に向かって走りだした。そして、獣のような大声を上げ、藻を投げ返した。

「わああっ」と大歓声が上がり、水飛沫が飛び散った。

私も急いで立ち上がると、みんなの輪に加わるべく砂浜を走った。

キンジョウの思いがけない一言が、私の胸のつかえを追い払ってくれたようだった。

今は何も考えず、流れに身を任そう。

ホントに？　ホントに？

私は陽気に遊びに興じるキンジョウの顔に、なおも言葉にならない言葉を投げかけていた。


その夜、私は子供たちと同じ寝床に布団を並べた。そして私が思い描く〝花ぬ島〟の物語を話した。子供たちは黙って私の話を聞いてくれた。

むかし、むかし、そのむかし。ここの島からずっと離れた、あおい、あおい海の上に、小さな島がありました。そこには、人は誰も住んでいませんでしたが、人伝えで、その島がとても綺麗な花の咲き乱れる島だと噂されていました。

みんな、そんな綺麗な島ならば、一度はその島を見てみたいと思いましたが、どうやってその島に行っていいのかわかりませんでした。そのせいか、中には「そんな島あるはずがない」「そんな話、デタラメだ」と信じない人もいました。

しかし、お父さんからその話を聞いていた村の娘は、すっかりそれを信じ込み、船を漕いで一緒に島を探してくれる人を捜すようになりました。

でも、なかなかそんな人は現れませんでした。それでも娘はあきらめず、来る日も来る日も、協力してくれる人を捜しました。その姿には、さすがにお父さんも困ってしまい、娘にあきらめるように言いましたが、やっぱり娘はあきらめませんでした。そしてついに村の青年の一人が、娘の真剣さにほだされて、一緒に探す、と言ってくれました。


ほだされるって、どういういみ？

ああ、そうね、ひかれるって言うか……。

好きになったってこと？

ああ、まあ、そんなところね。

それで、しまは見つかったの？

あわてないで。海の波はとても大きくて、青年の小さな船ではなかなか大変だったの。しかも、その島がどこにあるかもわからないし。

青年はいっしょうけんめいに船を漕ぎました。娘も一緒に漕ぎました。そんな二人の真剣な思いが天に通じたのか、何日か経ってようやく、ついに今まで見たことのない島に辿り着いたのです。

どんな、しま?
それはそれは、きれいな島だったの。噂は本当だったの。
どんなふうに?
いっぱい花が咲いていて、そのまわりをチョウチョがたくさん飛んでいたの。
チョウチョ、チョウチョ?
そうよ。
どれくらい?　いっぱい?
う~んとよ。あたり一面見渡す限りいっぱいに。
すっごい、すっごいね。そんなのみたことない。
そうでしょ。すごいでしょ。夢の中みたいでしょ。
それで、それで、どうなったの?
それから?
うん、それから。
う~ん、それからねえ……。
ねえ、どうしたの?　それから……。

そうね、ふたりはその島がとても気に入って、そのままその島で仲よくくらしました。

ええっ、それで終わり？

そ、そうよ。

なんだ、それで終わり？　ちぇっ、それで終わりかあ。

気に入らない？

う〜ん……。続きはないの？

そのあとは、自分で考えてみて。


それから何日か経ったが、キンジョウから連絡はなかった。夜の浜辺にも顔を見せていないようだった。

いたずらに日にちが過ぎていた。私は狐につままれた思いだった。

それからというもの、夕暮れに、一人浜辺に出ることが多くなった。

子供たちは不満そうだったが、カナミネさんはそんな私に気を使ってくれ、そんなとき子供たちの面倒を見てくれていた。

私は、カナミネさんにも〝花ぬ島〟の話をした。

カナミネさんは、その話に感心して喜んでくれた。そんな美しい話を持っていられるのはいいことだとも言ってくれた。しかし、「その島を探すことはできるでしょうか？」という問いには、ただにこやかに笑うだけだった。

その日も、灼けるような赤い夕日だった。

最初の物珍しいときには、ただ美しいとだけ思っていたその風景も、時間とともに気分とともに見え方は変わり、今はどこか悲しげだった。いつものように海を見つめていると、知らぬ間に私は同じことを繰り返しているな、と思った。

寄せては返す波のようなサイクルの中で、いつの間にか漫然と時の流れに身を任せてしまっているのではないだろうか？　その証拠に、キンジョウから連絡がないことで変に気をもんだり、意地でも連絡を取ろうと、島中を捜すというようなことをしているわけではない。むしろ安心してしまっているのではないか。

私は島を探す。キンジョウと一緒に。

そんな物語ができたとき、それで満足してしまったのだろうか？

物語を壊すことが怖くなって、先に進めなくなってしまったのではないだろうか。

そのとき、浜辺を向こうから歩いてくる人影に気づいた。

先が円錐形になった日除け笠を被り、仕掛け網を担いで、ゆっくりと細い身体で歩いてくる。

　私が立っている堤防の切れ目まで近づいてきて初めて、それがオジイだとわかった。昼間何をやっているかわからなかったオジイは、島の言葉で〝海人《うみんちゅ》〟と呼ばれる海の男だったのだ。たぶん現役ではないのだろうが、薄暗い闇の中で見たときのような存在感のない姿ではなく、何か力強い芯のようなものを感じさせた。

「大漁ですか？」と声をかけると、私に気づいてオジイは立ち止まった。

「ダメさあ」と言う声の弱々しさとは裏腹に、笑顔だった。

　そこにはきっと充実した何かがあるのだろう。たしかに「生活」しているという実感のようなものが。

　その夜の食卓もいつもと変わらなかった。食卓を囲む様子は、すっかり定着してきた感がある。食事を作るカナミネさんがいて、ご飯を給仕する私がいて、早く早くと待っている子供たちがいる。そこに、すっとオジイが入ってくる。オジイはやっぱりオジイで、そのテーブルのその位置に座るオジイでなければならないような気がしてきた。もはやこの中の誰一人を欠いても、成立しない雰囲気ができあがっていた。

「生活」することにおいては、おのおのに課せられた役割というものがある。日々単調な繰り返しだとしても、自分の役割をこなすことで、そこから何かが生まれてくることだってある。それが積み重ねというものだろう。そうやってこの島も生きてきたに違いない。そこには「島を探す」などという私個人の物語など、差し挟む余地はないように思えた。

夜、子供たちが寝静まり、私が離れから居間に戻ると、老婆が一人、曲がりきった背中で、床に這うようにして座っていた。

カナミネさんから、この人は島の神様にお仕えする、司《つかさ》だと教えられた。もうすぐ迫ってきている島の祭りの準備のことで訪ねてきたらしい。この時代にも祭りが重要な役割を果たしているのだなと感心していると、カナミネさんに、とにかく座ってと勧められた。

老婆は、ニライカナイからやってくる神様をお迎えするという、島にとっては大事な努めを負ってるだけに、島民からは一目置かれた存在らしい。

たとえば島民が家を建てたりするとき、方角や土地についていろいろ相談されるのだそうだ。また、身の上であまりよくないことが続いたりすると、行く末についてどうしたらよいのかということまで答えを求められるという。最近の一番の相談は、十年ほど前に珊瑚礁を潰して、島に新たな空港を造ろうという計画が持ち上がったときで、もちろん、一も二もなく反対したと教えてくれた。その珊瑚礁を抱えた海岸は、島の東側に面しており、まさにニライカナイの神様の訪れる方角だったのだ。否応なしに時代の波は、この島をも飲み込もうとしていた。

だから、いつまでもそんなふうに対峙していけるのか、守っていけるのか、不安もあると老婆は漏らした。

事実、この島の珊瑚礁も、場所によってはかなり壊滅的な状況にあるらしい。

「浜辺に大きな岩があるだろう」と老婆に言われて思い浮かべてみると、たしかに浜辺の外れに異様に大きい岩があったたな、と思い当たった。

高さは、ゆうに人の背丈を超えていた。ゴツゴツした表面は、波の浸食を受けたせいなのだろうか、幾重にも層になっていた。気になりだすと、そんなところに突然転がっている巨大な岩はたしかに不自然だった。

そういえば夕方の時間帯に、村の老婆たちがやってきて、その岩の前に座り、菓子のようなものを供えていたような気がする。手を合わせて祈る姿は、夕日の中で影絵のように浮かび上がり、どこか厳粛な雰囲気があった。

私は近づくことができず、ただ遠巻きに見ていた。

「あれは、拝み岩と言っとる」

と、司の老婆は言った。

「拝み岩？」

「二百年ほど前に、この島に起きた地震と大津波で、浜辺に打ち上げられた」

「二百年ですか？」

「ああ、そのときに大勢死んでからよ、島の人口が半分になった」

「半分⁉」

私は呆気にとられていた。

「ああ、それから誰とはなしに、あの岩に拝むようになった」

「二百年ですか？」

私は、馬鹿みたいに繰り返した。

「ああ」

祭りでは島の司たち全員が、拝み岩の前に座り、海に向かって御願し、神様をお迎えするそうだ。それほどまでに、今、その岩は大事に扱われているのだ。

このような離島で暮らしていくには、悲劇をも受け入れ、祈りに変えていくしかないのだろう。わざわざ岩の話をするのも、そんな島の生き方を示したいからなのかもしれない。島の人たちの印象的な笑顔の奥に隠されているものは計り知れないと思った。

さらに司の老婆は、祭りの「物語」について話した。

毎年、新しい年が訪れると、神様を島にお迎えして、島民挙げておもてなしして、それでその年の五穀豊穣が叶えられる。ここでは神様は常に海から、つまり、外からやってくるものと考えられている。シンプルなストーリーだが、それこそ何百年と語り継がれてきた島の重要な「物語」だ。

カナミネさんは、司の老婆の話を熱心に聞いている私の姿を見て、側で微笑んでいた。

「私は、こんな物語しか持っていないさ」と老婆は言った。

みんな誰もが持っているような、その人にしかない物語を私は持っていない、持つことが許されなかった、と老婆は半ば諦めたように続けた。若い頃はこんな血筋に産んでくれた親を恨んだものだ。それでも、それが自分の努めだとわかったから、今は幸せなのだと、自ら納得するように頷いた。

「自分の努めですか？」

「ああ」

「どうやってわかるんですか？」

「神様が教えてくれる」

「神様はどうやって教えてくれるんですか？」

こんな話をしていたら、いかにも子供じみた質問をしてしまった。

しかし、司の老婆はニコニコしたまま、こともなげに、「わかるのさ」と言った。

翌日、改めて拝み岩を見に行くと、その自然の力の凄まじさに驚くというより、ただただ呆れるばかりだった。この岩の中にも、二百年の歴史がある。そう思うと、ただそこに存在するというには、あまりにその時間は重い。

そういえばサンゴは、それこそ一万年前の昔から生きながらえてきたものだ。そこには、島民が自然と共存してきた歴史があった。彼らは苛烈なまでの太陽と、時に荒れ狂う波に、ただいたずらに対抗しようとしてきたのではない。そんなことでは生き延びることなど到底できなかっただろう。時にそれは受け入れなければならないのだ。祈りとともに。

そのうち太陽の光が急速に萎んでいき、闇の気配が訪れる。

私は、思わず手を合わせて祈った。それは理屈ではなかった。何に対してかわからぬまま、私はひたすら祈った。

すると太陽の最後の赤い色は、何千人、何万人というこの島の先祖たちの叫び声のように思えた。

祭りがやってきた。観光客の姿も増え、朝から太鼓の音が鳴り響く島は、にわかに活気づいた。

祭りの初日は、司の老婆が言っていたように、海岸に向かって神様をお迎えするところから始まる。祭りは、島民にとっていまだ厳粛な行事だけに、一般の観光客には見せられない部分がある。お迎えの儀式もそうだった。

「なぜ見れないんですか？」と、すっかり土地の人間然としてカナミネさんに尋ねると、彼女は今までにない暗い表情を見せた。私は初めて、カナミネさんの影の部分を見たような気がした。仮面の裏側のように。ここまで全てを受け入れてきてくれたカナミネさんだからこそ、余計にそう感じたのかもしれない。カナミネさんとて、笑顔の奥にとじこめているものがあるのだ。

「それは島民のためのものだから」と言った一言に、私は何も言えなかった。

私は、カナミネさんの家で神様にお供えする、青野菜や、海藻を交えたお菜を作るのを手伝っていた。そんなときふと、今、神様が島にやってきた、とカナミネさんは私に教えてくれた。

祭りの二日目も、神様をもてなす儀式が、御嶽《うたき》と呼ばれる空間の中で続くらしい。私も、祭りの始まる前に、村外れにある森の入り口にある鳥居から御嶽の中を覗いてみた。

ガジュマルの神木が生い茂る鬱蒼とした森の中に、ぽっかりと空いた広場のような空間があった。初めてカナミネさんの家に足を踏み入れたときに感じた、どこか間の抜けた空間と同じものを思わせた。奥には低く石垣のようなものが張り巡らされていた。そして中央の一部に、人一人屈んでやっと抜けられるかというほどの門があった。その奥は暗い闇に覆われていた。

昼間でも森閑《しんかん》とした空間だった。これが神様をお迎えする場所かと思うと、間の抜けたと感じさせる空間でさえも、なぜか息が詰まった。何かが足りない空間のように見えたが、実際には得体の知れない濃密な空気が充満しているようだった。全てを受け入れてくれそうでいて、反面、寄せつけないといったような。

そして三日目、やっと観光客でも見ることのできる奉納の行事に移った。神様の御座になる御嶽の広場で、舞踊、獅子舞などの芸能を披露するのだった。これにはもちろん、カナミネさんとその生徒さんたちが大挙出演する。

カナミネさんは、早朝から集まった生徒さんたちと髪を結い、衣装などの支度を慌ただしく行い、まさに御一行様出発といった感じで生徒さんたちを引き連れ、出発した。私は自分たちのお弁当を作ると、子供たちと、祭りにあわせて本島からやってきた子供たちのご両親と一緒に、御嶽の森に出かけた。

御嶽の広場に入ると、観光客と村人でごった返していた。人混みに紛れてうろうろしていると、カナミネさんに、ここ、と手招きされた。そして、子供たちと一緒に見学する場所を確保していると、いきなり目の前にキンジョウが現れた。

「島を探しに行こう」

突然だったが、どうやら祭りの間だけという条件で漁船を借りられたらしい。祭りが終われば自分も那覇に帰るからと、キンジョウは私に有無を言わさぬ構えだった。

私は困り果てて、救いを求めるようにカナミネさんのほうを見た。カナミネさんは、微笑んで頷き、「行っておいで」と言った。子供たちも何かを察知したらしく、「島を探すの？」と興味津々で私を見た。一瞬躊躇する私を、子供たちはなおも「絶対見つけてね」「ガンバって」と一生懸命励ました。私は嬉しい後押しを受け、すっかり強い気持ちになって、子供たちに「ごめんね」と謝ると、キンジョウと一緒に御嶽をあとにした。

そのとき、思い出したように一度だけ振り返ってみたが、やはり御嶽の奥は、ぽっかりと空いた空間にしか見えなかった。本当に神様は訪れているのだろうか？　これから訪れるのだろうか？　私にはわからなかった。

キンジョウは、今度はどこで調達したのか、ライトバンを走らせた。

港に着くと、何艘も接岸されたうちの、それほど大きくはないがエンジンのついた中型の漁船から、手を振るヨナシロの姿が見えた。「あいつは船も操縦できるんだ」と、キンジョウは私を安心させるためなのか、説明した。

ヨナシロに手を取られながら渡し板を渡ると、私は思わず、あっ、と声を上げた。なんと、あの港湾労働者センターの老人が舳先に鎮座しているではないか。手には三線を持って。

驚く私に、キンジョウは「唄者の師匠なら、わからずともきっと感じてくれるだろうと思ってさ」と笑った。

それを聞いて、師匠の老人も笑った。つられて私も。

私は、一気に頼もしい気分になっていた。

「船を出すぞ！」

威勢のいいヨナシロの声が上がり、けたたましいエンジン音とともに、船は港を出ていった。澄んだような青空に、白い絵の具から絞り出したように、もくもくと湧き上がる入道雲。日よりは最高だった。

しかし、風を切って爽快だったのは最初のうちだけで、激しく波を受けて揺れる船体は、徐々に私にとって苦痛の場所となった。

老人は、舳先にじっと座っていたが、私はその側で、船体にしがみつくようにして小さく固まっていた。「大丈夫か？」と何度も操縦室と舳先を行き来するキンジョウが尋ねてくる。私は歯を食いしばって、ひたすら、「大丈夫」と繰り返した。

その間、いくつかの島をやり過ごした。ところどころ珊瑚礁のリーフが張り出したところがあり、うっかりしていると船底をリーフに乗り上げてしまいかねない。そのたびに船はリーフの外側を迂回することを余儀なくされ、蛇行を繰り返した。

私は、そうやって進んでいくうちに、いったいこの航行に当てがあるのだろうかと、自分自身が首謀者であることも忘れ、訝った。老人の顔は、何か確信に満ちたような顔にも見える。キンジョウやヨナシロにしてもそうだった。水を得た魚のように、きびきびと動き回っているのだ。とにかく、ここは彼らに任せるしか手はないのだ。そう自分自身に言い聞かせると、次の波に備えて、船体に摑まる手に力を入れた。


どれだけ走っただろう。太陽もついに真上に昇りきっていた。

島影はすっかり途絶え、行けども行けども真っ青な海原が広がるだけだ。思考することが無益に思われるようなスケールの空間。その広々とした空の下で、また私は、自分のちっぽけさを感じていた。地球の果てまで来てしまったような、たった一人取り残されてしまったような。

「島だ！」

キンジョウの声が、けたたましいエンジン音の中から聞こえてきた。

顔を上げると、たしかに前方にぼんやり島影が見えてきている。思わず老人の顔を覗き込むと、彼は上体だけで振り返り、操縦席のキンジョウに向かって軽く頷いた。キンジョウは、にっこり笑って親指を突き立てて応えた。

彼らはあらかじめ打ち合わせでもしてきたのだろうか、主役を差し置いて。私はちょっと妬ましくもあったが、何はともあれ、それらしい島に辿り着いたのだ、気持ちはいやがうえにも盛り上がってくる。

上陸のために島の周りを回ると、張り出した岩場に囲まれた天然の港を思わせる砂浜が見えた。そこには小さいが栈橋もあるではないか。元にいた住民の名残だが、今では誰も住んでいない、と老人は説明した。

栈橋に近づくと、砂浜近くの海面はキラキラと太陽光を受け、ますます澄んでいて、にょろにょろとうねるように泳ぐ海蛇の姿がはっきりと見ることができた。私は初めて見るその姿がこの世のものとは思えず、思わず身震いした。

ヨナシロが突堤に艫綱《ともづな》をしっかりと結わえると、私たちは栈橋から上陸した。そして、そこから真っ直ぐ伸びた傾斜した登り坂を進んでいった。私は長い航路からようやく解放されて、ほっとすると、思いきり伸びをした。

「大丈夫か?」

にやけたヨナシロが、私の背中をドンと押した。

私はむっとして、「大丈夫です」と言ったものの、足元をふらつかせてしまった。途端に待ち構えたようなみんなの笑いが起こった。私は悔しかったが、あの老人にして、三線まで構えて実にしっかりとした足取りではないか。私は気を取り直して、彼らのあとを歩いた。

すぐに元の集落跡に出た。石垣に囲まれた赤瓦の家が数戸、細い道順に沿って並んでいた。農機具が放り出されていたりして、人の住んでいる気配はない。

私たちは、そこで持参したミネラルウォーターのボトルを回し飲みした。私も息が詰まるかというほど勢い込んで水を飲んだ。飲む片っ端から、頬を汗が伝っていった。キンジョウに止められて、やっとのことでボトルを放した。

私たちは一息つくと、今度は老人の先導で集落の道を右に折れ、獣道も見つからないような深い草むらに分け入った。当然のように、そこに潜んでいるかもしれない、いや潜んでいるであろうハブの存在を連想しないではいられなかったが、みんなただ黙々と歩いているので、私も、そんな思いを忘れるためにも黙ってそれに従った。

おそらく老人は、そうやって黙って歩くことで、かつてこの島に来たことがあるのか、人に聞いたことがあるのか、そんな遠い過去の記憶を辿っていたのだろう。

しばらく行くと、鬱蒼としたガジュマルの森に入った。この南洋特有の植物は、蛸の足のように幾筋もの枝が絡み合うように伸びて、大地にへばりついているようだった。生い茂った葉で、ドームのように頭上から覆われた空間は、薄暗く、外の灼熱地獄からすればひんやりとして、日向とは明らかに気温まで違うように感じた。どういう種類の鳥なのかわからないが、ぎゃーっと一声、鋭く鳴いた。私は思わず声を上げたが、激しく羽ばたく音とともに、来たるべきものを想像させられるようで、わくわくしてきた。

予想どおり、森を抜けると視界は一気に開けた。目の前に、一面草原が広がっていた。

わあっ、と思わず声を上げたものの、よく見ると、心地よい風にそよぐ草は、おそらく雑草の類いばかりで、あたりに花が咲いている気配はなかった。しかもところどころに赤土が敷かれ、埋設のためなのか小山ができている。何かをやりかけて放り出したような感じだった。またしても、ぽっかりと間の抜けた空間に見える。

私たちは、その場に呆然と立ち尽くしてしまった。

「チキショー、ここじゃなかったのか」

ヨナシロが、一度そんなことを叫んだような気がする。私も、「きっとほかに……」と、言いかけたが、老人の虚脱した表情を見ると、それ以上言葉が出なかった。

急に、太陽光線が厳しく感じられた。蝉の鳴き声が、けたたましく耳に飛び込んできて、身体中を伝う汗が生々しく熱気を呼び戻す。誰も話しだす者はいなかった。それぞれがそれぞれに何かを考えていたのか、それとも目の前のぽっかり空いた虚無に、言葉をなくしていたのか。

ふと、老人が乾いた草の上に三線を構えて座り込んだ。

そして、目を瞑って風音に耳を澄ませた。

「〝花ぬ島〟は、きっとお父さんの心の中にだけ生きていたんだな」

老人は、そう独り言のように呟いた。

私は、キンジョウにお父さんのことが好きなんだなと言われたときと同じように、意外な言葉に動揺した。ここまで、これほどまでにこだわってきた島は、父の心の中だけに生きていたものだったというのか。私は信じられない思いだった。今、あの三線を眺めているときの父の背中を思い出していた。そして、父の表情が、私の顔の中に一つに溶け込んでいく。

そんな思いに駆られ、私が何か言おうとすると、突然、三線の音が鳴りだした。

老人は、島唄を歌った。

今まで以上に、歌詞のわからない島唄は、私の心に沁みた。弦の響きが胸を掻き鳴らし、嗄れた声が優しく撫でてくれるようだった。

そのとき私の中に、何か込み上げてくるものがあった。もしかして、父の想いとはさらに遠く、祖父に対する想いではなかっただろうか。あの押し入れの中の、ケースに大事にしまい込まれた三線のように。失われた弦の響きとその声に、解き放つ想い。すると、記憶の海の彼方から、静かにさざ波となって押し寄せてくるものがある。まるでニライカナイの神様が訪れるかのように。
　それが徐々に私の身体の中を満たし、溢れ出しそうになったとき、私は口を開き、声を発していた。自然にアリアを歌いだしていたのだ。妹の結婚式で歌えなかったプッチーニのアリアを。イタリア語で、臆することなく。

O mio babbino, caro,
Mi piace, è bello, è bello
Vo'andare in Porta Rossa
A comperar l'anello!

Si, si, ci voglio andare!
E se l'amassi indarno,
Andrei sul Ponte Vecchio
Ma per buttarmi in Arno!

Mi stuggo e mi tormento!
O Dio! Vorrei morir!
Babbo, pietà, pietà!

おお、私の大好きなお父さん
私、とってもあの方が好きなの
これから2人でポルタ・ロッサの町へ
指輪を買いに行かせて下さい

ええ、ええ、どうしても行きますわ！
もし、おゆるしがなかったら
私たち、ヴェッキオ橋へ行き
アルノ河に身を投げる決心です

ほんとに心から愛しているのよ！
ああ、生命をかけて！
だからお父さん、どうか、おねがい！

いつしか老人の三線は、私のアリアの伴奏に転じていた。信じられないことに、自然に老人とセッションしているのだ。どんなセッションになっているのかは、自分ではわからない。ただお互いの発するものに反応し合っているだけだった。

弦の震えと、喉の震えが共振しているのだ。

そうすると、私の目の前にどこからともなく、ひらひらと一匹の蝶が現れた。白い翅に黒い線状のまだら模様が、この世のものとは思えないような色鮮やかさだった。蝶が私の前で、不思議な軌道を描いてひとしきり舞うと、さらに黄色を帯びた別の蝶がやってきた。あっと思う間もなく一匹、もう一匹と、その数と色を増していった。蝶が重なるように増えてくると、ついには辺り一面に、赤、青、黄、紫と色彩が溢れ、それこそ花が咲き乱れる花園のように覆われた。

信じられなかった。私は今、幻影を見ているのだろうか？　父から〝花ぬ島〟の話を聞いてから、今の今まで、こんな幻想を抱いたことはなかった。幻影ならば、消えてしまわないように、と私は祈った。そして、この島に来てから感じていた、ぽっかりと空いた空間の正体がわかったような気がした。

私は感じていた。さっきから自分の身体の奥で、脈打つ熱いものを。姿を見たこともない祖父から波打ち、父を経て寄せてくる、私の身体を流れる熱いものを。

それが、私の鼓動を強く激しく高めていくのを。
今、私は、熱い、そう感じていた。

了

■参考資料

瑠璃ノムコウ

『世界ガラス美術全集6　現代』由水常雄編（求龍堂）
『日本のガラス』土屋良雄著（紫紅社）
『ガラス入門』由水常雄著（平凡社）
『M型ライカとレンズの図鑑』（枻出版社）
『別冊太陽　宮沢賢治　銀河鉄道の夜』（平凡社）
『砂丘　植田正治写真集』（PARCO出版）
『砂丘伝説　鳥取からのメッセージ』（リヨン社）
『雪』中谷宇吉郎著（岩波書店）
『天から送られた手紙［写真集　雪の結晶］』（中谷宇吉郎　雪の科学館）
『アルケミスト　夢を旅した少年』パウロ・コエーリョ著　山川紘矢・山川亜希子訳（KADOKAWA）
『おとこ川　おんな川』北國新聞社編集局編（時鐘舎）
『五木寛之の新金沢小景』テレビ金沢編（北國新聞社）
『よみがえる金沢城1―四五〇年の歴史を歩む―』金沢城研究調査室編（北國新聞

社）
『室生犀星詩集』福永武彦編（新潮社）
『新潮日本文学アルバム22　泉鏡花』（新潮社）
『新編　泉鏡花集　第一巻』（岩波書店）
『新編　銀河鉄道の夜』宮沢賢治著（新潮社）
『宮沢賢治全集7』（筑摩書房）
『宮沢賢治詩集』草野心平編（新潮社）
『童話集　銀河鉄道の夜他十四篇』宮沢賢治作　谷川徹三編（岩波書店）
「ゲルハルト・リヒター展」（金沢21世紀美術館／北國新聞社主催）二〇〇五年九月三日～十月二六日
『GERHARD RICHTER ゲルハルト・リヒター』（淡交社）
絵画「バベルの塔」ピーテル・ブリューゲル（一五六三年）
映画「ベルリン・天使の詩」ヴィム・ヴェンダース監督（一九八七年　西ドイツ・フランス製作）
NHK　ETV特集「東と西のはざまで書く～ノーベル賞作家オルハン・パムク～」二〇〇八年七月十三日放送
「ANGEL EYES」（M.Dennis/E.Brent）ELLA FITZGERALD

＊本文中の『銀河鉄道の夜』の引用部分は『新編　銀河鉄道の夜』（新潮文庫　一九八九年）によります。

オキナワン・ラプソディー

『秘祭』石原慎太郎著（新潮社）
映画「秘祭」監督 新城卓（一九九七年　新城卓事務所）
『神々の古層5　主婦が神になる刻　イザイホー［久高島］』比嘉康雄著（新日本教育図書）
『蝶の島　沖縄探蝶紀行』三木卓著（小学館）
OH! MIO BABBINO CARO（副題：O MIO BABBINO CARO）
作曲：Giacomo Puccini（P.D.）作詞：Giovacchino Forzano

本書は、『瑠璃ノムコウ』（二〇一八年十二月　文芸社）、『オキナワン・ラプソディー』（二〇〇〇年五月　新風舎）を加筆・修正したものです。

本作品はフィクションであり、実在の人物・団体などとは一切関係がありません。

文芸社文庫

瑠璃ノムコウ

二〇二〇年十月十五日　初版第一刷発行

著　者　河畑孝夫
発行者　瓜谷綱延
発行所　株式会社　文芸社
〒一六〇－〇〇二二
東京都新宿区新宿一－一〇－一
電話　〇三－五三六九－三〇六〇（代表）
〇三－五三六九－二二九九（販売）

印刷所　図書印刷株式会社

装幀者　三村淳

ISBN978-4-286-21581-5